大雅

为一种品格注脚

休斯系列

乌　鸦

来自乌鸦的生活和歌

［英］特德·休斯　著

赵　四　译

广西人民出版社

前　言

玛丽娜·华纳

　　1986年，在简短回复一位记者时，特德·休斯写到他相信诗人能够通过开发"一种居于个体生命过程核心……的源泉"而涌流出疗伤的香脂。接着他引用济慈《许珀里翁》中的诗句作为支持："诗人与做梦者截然不同，/……一者倾泻香脂敷于世界，/一者使其烦恼困惑。"《乌鸦》中不时出现的粗糙、刺耳、喜剧性的音乐源自诗人最内在的生命对隐匿的原始力量的回应。当休斯将又一生灵带进他的创作系列——鸟、水獭、蟹——我们读者感受到其中的生物能量，既暴力又生机勃勃，既致死又给予生命；疗伤香脂看起来并没有即时发挥效应。当诗人带我们随他一道看向"外面，阳光之下"，他穿过一扇门进入到那只眼睛的瞳孔里——向着深渊的一跃，乌鸦从那里诞生。语词是工具，但是"对于胜任它们的工作远非理想"，因为它们随身携带有一整部历史，在经验被经历之时，会受其阻碍。不过，如果一个诗人能够像他《画眉》诗中的鸟儿那样，"夺得那一瞬间，拖出一些翻腾的东西"，那么语词就能够以其魔力承担起职责。

　　早在20世纪50年代末期，艺术家伦纳德·巴斯金的作品触发了最初一些"乌鸦"诗，那时西尔维娅·普拉斯在美国史密斯学院从事一份教职，普拉斯和休斯在那里和巴斯金成为了朋友。作为纽约一位犹太教正统派拉比之子的巴斯金曾在二战的欧洲战场作战；他的艺术，从雕塑到版画、素描，充满了对人性中弥漫的无人性之暴行和凶兆的第一手知识。那些尖利刺痛的、常常是着墨深重的版画激发了休斯的一个创作阶段，创作出一头庞大、变形的"兽-鸟"，注满高能量的人格和其特色——黑羽、长着巨喙的下耷的脑袋、喇叭开的腿、显眼的生殖器、强有力的爪子——唤醒了一只老迈的猛禽，人类中的李尔王，毕加索之化身牛头人身怪的对应物。这是一个在野蛮性上远超任何鸟类插图或照片的由乌鸦幻想的形象。此外，在这一化身中，乌鸦是孤独的——尽管在自然界，乌鸦总会成群结队，在一起飞去相互作伴的晚间栖息地之前。

差不多在同时期，弗朗西斯·培根[①]的耶稣受难三联画也给休斯留下了深刻印象，1962年休斯在泰特美术馆参观了这位艺术家的画展；在画作中，艺术家将哭泣的圣母和圣约翰（形象来自罗希尔·范德魏登的《悲悼》）的外观扭曲成被悲痛割裂的怪诞的翼手龙般的形象。在这些新诗歌中，休斯离开了《雨中鹰》（1957年）和其他早期作品中对自然的观察，一步步走向内心，产生了一个作为象征的分身，以便于表达他深受创伤的内在生命。

现代艺术和返祖性的民间文学相遇在人形化的乌鸦身上，这一相遇是爆炸性的：犹太裔美国人的存在异化和培根令人恶心的怪物融合在了焦躁不安的探寻者这一神话想象物身上，他探究神圣者关于他的谎言，到处追寻一个异教的普通天堂和地狱。一次又一次，当诗人建立起一个仪式结构，始于备受折磨的鸟的起源，

---

① 英国现代画家，其作品以粗犷犀利而具有强烈冲击感的画面著称。

遭受了一系列闹哄哄的严峻考验，他实现了自己的愿望，彻头彻尾地触摸自然那有着雅努斯之脸的力量：养育对暴力，美丽对衰败。整个"歌之传奇"系列构成了一部音乐组曲，不断变换着节奏和音调，不同的乐器从各个方面重新装配曲调的骨架；诗篇生成了一个时空之外的神话时空——季节是内在的时间区域，主角的生命周期模仿一出神秘剧的展开，就像在中世纪的《凡夫俗子》中，或在一出古典悲剧中，一个救世主-英雄"向外太空反创造一切"（《乌鸦对圣乔治的记述》）。

献祭的主题一再提供动力，他的一些评论者，特别是戴维·特鲁普斯，看到了其与休斯的卫理公会派基督徒教育间的深刻联系。但是乌鸦拒绝怜悯和安慰：他是一个骗子[①]，面对灾祸报以"挑衅的和富有创意的"大笑，不败地立于他的"无人适居的世界"（劳拉·赖丁笔下的休斯挑出的一个短语）。词语景观是喧闹的，情绪是戏谑的。《乌鸦》的诗歌效果与休斯对古老形式的采用密不可分：歌谣、戏法、谜语、猥亵的粗俗笑话、魔咒、咒语，以及十足大胆的粗鲁肉欲形象（愚人袄袱中不可或缺的部分）。诗人有意地选择了"一种超级简单、超级丑陋的语言"，如在"他是他自己的剩饭菜，被吐出的骨头渣"（《乌鸦的玩伴》）这样的狂暴诗行中，他还通过重复、讯问、幼儿教育的韵式谜语带来魔力效果。在刊于《泰晤士报文学副刊》对休斯散文集《冬日花粉》（1994年）的一篇温暖、敏锐的评论文章中，约翰·贝利写道："他渴望那些具有某种引人入胜的瞬时性的时刻，意义砰地一声赤条条来到，袒露出永远奇妙的……存在之荒谬。"

[①] 指神话中的骗子（trickster）形象，这是休斯乌鸦的典型自我，详见书后对《乌鸦》的导读分析文章。

沸腾在一口异教徒的传说和信仰的坩埚中,《乌鸦》与对任何信仰的宣誓效忠都保持着距离;这些诗篇坚守诅咒和渎神,而非祝福与赞美。你可以在休斯1972年为这些诗歌录制的唱片封套说明上听到布莱克对英国国教的批判:

> 为乌鸦寻找合适的说话方式使我参与到发明……始于天堂的事件中……在那里,作为一个赌注的一部分,乌鸦被那个神秘、强大、无形的存在创造出来,创造者是被人们称为上帝的人的囚徒。这个专指的上帝,是人所创造的、崩塌的、一个摇摇欲坠的宗教的腐朽暴君,当然,他和造物主之间有大致等同的关系,就像日常英语说的和现实大致等同。

在别处,休斯称乌鸦这个神秘的创造者为"噩梦",他曾有一个写作史诗性质的民间故事的计划,高潮是救赎和擢升为神:

> 他(那个强大的囚徒/噩梦)在各种各样的伪装下陪伴乌鸦走遍世界,错误教导、哄骗、诱惑、反对,并在每一个方面都试图阻止或摧毁他。乌鸦的全部求索都旨在找出并释放他真正的创造者,上帝的无名的、隐藏的囚徒……

但是诗人的这个宏大计划——带着它的《神曲》之回音——从未完成。尽管诗人需要通过乌鸦不断讲述,这儿那儿地在各种杂志和选集中发表更多诗作,他终被羁留在地狱里。"这是乌鸦历险故事的最简单的线索……"他写道,"在环境将乌鸦诗的写作逼停之前，我仅仅只能对其进行了部分探索。"

特德·休斯是一个生活和作品如此错综复杂地陷入悲剧当中的作家，以至于伴随他的必定是一种对他的自传式阅读。西尔维娅·普拉斯的弃世发生在1963年，两年后，当他编辑完组成普拉斯诗集《爱丽儿》的诗篇后，他回到了乌鸦形象的写作中。有许许多多互文的闪现，还有予人一震的自由诗体形式的共享：如小诗《爱丽儿》和《乌鸦》的开篇诗《两个传说》，同根的意象如太阳、黑暗、生出、"棕色弧线/黑色彩虹"，都结束于自毁的"飞行"狂喜。休斯呼唤普拉斯的情感通过1998年出版的《生日信》得到了强化，一系列诗作再次与她的作品和他们的共同生活形成对照。普拉斯去世六年后，在休斯写作《乌鸦》期间，他的爱人阿西娅·魏维尔自杀了——以同普拉斯一样的方式，还带走了他们四岁大的女儿舒拉。《乌鸦》被放下，没有完成，对所发生之事的记忆在这些诗篇上投下了一道长长的阴影，在第一页上，休斯将此书献给阿西娅和舒拉。

在古典神话当中，变形为鸟这一形式通常是由发生在家庭中的亵渎行为引发的；古典学者P. M. C. 福布斯·欧文在《希腊神话中的变形》（1987年）一书中指出，当家庭、社会与野性的自然之间的边界被越过，紧随其后的便是"野蛮的爆发"和带来骚乱。《乌鸦》重访这一逾越脚本，包含有许多对流血事件、紊乱的家庭生活的令人不安的瞥视。寻找"黑色畜牲"的乌鸦被压实在与整个鸦科属——秃鼻鸦、寒鸦、渡鸦——的种种联系中，而食腐的小嘴乌鸦是凶兆之鸟。在现实可见的和文字的意象上，这一家族的鸟儿总在频繁啄食死尸的眼睛。休斯将这些鸟儿具神谕发布者特征的记忆带进诗中，不管是被读作天空中的恶兆还是因它们的内脏被检视而成了祭品。

在北欧神话和爱尔兰传说中，奥丁的使者——渡鸦胡宁和穆宁，代表思想和记忆。一个沉思，一个回望，二者合一则知晓未来——一种神的特权。在1983年和伦纳德·巴斯金的交谈中，休斯解释说"渡鸦是英格兰精神的原始图腾之鸟"。《两个传说》开篇咏唱这鸟儿的黑，引发了一个一再出现的主题，无耻的、排泄物的（"一个魔鬼，周身滴答着秽物"），充满了可怕的美和激动人心的恐怖笑声的主题。在乡村，农夫们仍将死乌鸦挂在篱笆上作为警告（我本人就在德文郡见过这个）；在诗中，乌鸦被钉在谷仓的门上，仿佛被钉在十字架上。

"乌鸦"（crow）一词和"呱啼""聒啼""哭啼""噪啼"[①]一道，是拟声词（虽然休斯没有锤炼这个）。下意识中，它半押韵于"稻草人"（scarecrow）的幽灵、"鸡鸣时分"（cockcrow）的鸡鸣和"老太婆"（crone）的无时间性。乌鸦开着黑色玩笑，充满着面临大难时的幽默，使人回想起莎士比亚众多此类鸟典故当中的一个：

啊，克瑞西达！倘不是忙碌的白昼
被云雀叫醒，惊起了无赖的乌鸦，
倘不是酣梦的黑夜不再遮掩我们的欢乐
我是怎么也不愿离开你的。
——《特洛伊勒斯与克瑞西达》，第四幕第二场

自始至终，乌鸦傍着诗人咔咔嗒嗒喧闹地喋喋不休，一个占

[①] 原文为 crow（乌鸦）、croak（蛙鸣声）、caw（乌鸦的叫声）、cry（哭喊）、cranky（坏脾气的、暴躁的），还有因没有语音关联而省略未译的作者在括号内枚举的德语词 krank（有病的），它们在汉语中大多不是拟声词，所以翻译的时候以含"啼"字作为暗示。

卜的亚神（daimon），凶恶，毫不容情。

休斯在收入《冬日花粉》的一篇文章《神话与教育》中写道：

> 内在世界无法被轻易谈论，因为它不曾被任何人理解。尽管它是离我们最近的东西——尽管它的的确确就是我们，但我们就像活在太空中一颗未经探索的行星上一样活在其中。在更大程度上，它不是一个"地方"，而是一个"充斥着各式事件的区域"。[①]

在《乌鸦》中，他追踪这些事件，当它们落到他身上并转化他时。在同一篇文章稍后——一篇部分是宣言、部分是长篇演说、部分是挽歌的文章，他写道："如果我们真能设计出某种精妙的镜面装置，得以一瞥我们内在的自我，我们会满心惊恐地认出它来——那是一头在地狱中缓缓爬行、逐渐解体的野兽。对它，我们拒绝拥有。"《乌鸦》为我们提供的正是这一精妙的镜面装置，在其中，我们被展示为休斯的动物变形记，这些变形反映着休斯的内在世界——也是我们自己的。

在这本诗集最后的诗篇中，特德·休斯旅行至北国萨满之地，萨满们的灵魂穿戴着动物的形体，在梦境中游历。乌鸦最后的歌——《小血》，是一个迷人的、不祥的仙界小东西，爱丽儿或帕克[②]这一类精灵可能就是这样创作出来的。诗人召唤他最后的亲近者，一个最终变形物，谁会是这只鸟儿，或这只小虫，或这个……？神秘的召唤将读者留在了一扇打开的门前。

[①] 特德·休斯：《冬日花粉：休斯文集》，广西人民出版社，2021，第201页。
[②] Ariel, Puck, 爱丽儿和帕克是莎士比亚戏剧《暴风雨》和《仲夏夜之梦》中的精灵。

纪念阿西娅和舒拉

目 录

001　两个传说
003　世系
005　子宫口的考试
007　杀戮
009　乌鸦和妈妈
011　门
012　孩子气的恶作剧
014　乌鸦的第一课
016　乌鸦飞落
018　那一刻
019　乌鸦听到命运敲门
021　乌鸦暴龙
023　乌鸦的战争记事
026　黑色畜牲
028　呲笑
030　乌鸦谈心
032　乌鸦对圣乔治的记述
035　一场灾难
037　前颅骨的战斗

039　乌鸦的神学
041　乌鸦落败
043　乌鸦和群鸟
044　犯罪谣
046　海滩上的乌鸦
047　角逐者
050　俄狄浦斯乌鸦
052　乌鸦的梳妆台
053　一个可怕的宗教错误
055　乌鸦尝试大众传媒
057　乌鸦的勇气衰退
058　在笑声中
060　乌鸦紧锁眉头
061　魔法的危险
063　知更鸟之歌
064　天堂戏法
065　乌鸦行猎
067　猫头鹰的歌
068　乌鸦的言外之意
070　乌鸦的象图腾之歌
073　黎明玫瑰
074　乌鸦的玩伴
075　乌鸦自我
077　笑意
080　乌鸦即兴创作
082　鸦色

083 乌鸦的战斗狂怒
085 乌鸦比以往更黑
087 复仇寓言
088 睡前故事
091 乌鸦的自己之歌
092 患病的乌鸦
093 献给菲勒斯的歌
097 苹果悲剧
099 乌鸦陷自己于一幅中国壁画
101 乌鸦的最后一役
102 乌鸦和大海
104 真相杀死所有人
106 乌鸦和石头
107 古代石碑残片
108 一出小戏的笔记
110 蛇的赞美诗
112 情歌
115 一瞥
116 腐尸之王
117 两支爱斯基摩人的歌
  一 逃离永恒
  二 水如何开始运行
121 小血

122 乌鸦家族新神话
  ——特德·休斯《乌鸦》导读

两个传说

I

曾经,黑是外部的眼
黑内在于舌
黑的是心脏
黑的肝,黑的肺
无从吸收光
黑的血在它喧嚷的管道里
黑的内脏塞满火热炉膛
连肌肉也是黑的
竭力挺出暴露在阳光下
黑的神经,黑的大脑
带着它埋葬事物的视像
灵魂也是黑的,那鸦啼的
严重口吃,愈演愈烈,无从
说清它的太阳。

II

现在,黑的是湿漉漉水獭脑袋,高昂着。
黑的是岩石,跌入浪花。
黑是躺在血床之上的噬心怨愤。

黑的是地球,一英寸[①]之下,
日月轮替它们的天象之处
一枚黑之卵

要破壳出一只乌鸦,一道黑色彩虹
躬身虚空中
    覆盖虚空上

实是飞翔

---

① 英制长度单位,1英寸等于2.54厘米。

世 系

最初的父①是尖叫

他生出血

血生出眼

眼生出恐惧

恐惧生出翅膀

翅膀生出骨

骨生出花岗岩

花岗岩生出紫罗兰

紫罗兰生出吉他

吉他生出汗水

汗水生出亚当

亚当生出玛利亚

玛利亚生出上帝

上帝生出无

无生出永不

永不 永不 永不

---

① 因原诗主要动词"begat"是"由父神生出"的意思，汉语中没有对等词，因而译诗此处稍作添加。有关这句诗如何戏仿《约翰福音》首句，参看书末导读文章里的分析。

永不生出乌鸦

乌鸦哭喊着要血
蛆虫，面包皮
任何东西

无羽覆庇的腿肘在巢中秽物里战栗

子宫口的考试

谁拥有这双骨瘦如柴的小脚？*死神*。
谁拥有这张爹毛的、焦黑枯槁的脸？*死神*。
谁拥有这副还在呼吸的肺？*死神*。
谁拥有这身多功能的肌肉外套？*死神*。
谁拥有这堆难以名状的内脏？*死神*。
谁拥有这些成问题的脑袋？*死神*。
所有这摊脏兮兮的血？*死神*。
这双视力最差的眼？*死神*。
这条恶毒的小舌头？*死神*。
这偶然光顾的清醒？*死神*。

这场未决的测试，判决、中断还是继续？
继续。

谁拥有这整个多雨、石头遍布的地球？*死神*。
谁拥有这弥天寰宇？*死神*。

谁比希望还强大？*死神*。
谁比意志还强大？*死神*。
比爱还强大？*死神*。

比生命还强大？死神。

但是谁比死神还强大？

       显然是我。

及格，乌鸦。

杀　戮

腿被鞭残

头被那脑浆弹丸击穿①

眼被射瞎

被自己的肋骨钉牢

被自己气管里

喘出的最后一口气扼死

被自己的心棒打得失去知觉

看着他的生命捅穿肉体，一个梦掠过

当他溺毙在自己的血中

内脏被自身重量拖到身下

---

① 原文为"Shot through the head with balled brains"，这句诗比较费解，在于诗人在此嵌入的典故。据研究者凯斯·萨格尔解释，很少有人还记得康楚巴（Conchubar）的"balled brains"（被制成球弹的脑浆）。在凯尔特传说中，阿尔斯太（即北爱尔兰）国王康楚巴曾被一种弹丸击中脑袋，那种弹丸是用敌人风干的脑浆（体现了凯尔特人的头颅崇拜）制成的，为了使伤口闭合，脑浆弹丸被留在了康楚巴的头里。最终，当听说耶稣被钉十字架，康楚巴因对施刑者的巨大愤怒而发疯，攻击了一片森林。那颗脑浆弹丸进出了他的颅骨，他自己的脑浆也随之进出，康楚巴就此死去。第四句原文"Nailed down by his own ribs"（被自己的肋骨钉牢），是北欧古代人牲祭献仪式上的一种做法。

发出一声腹腔掏空的哭喊,那是他的根正被撕离
始基的原子
张大他的嘴,让那声哭喊在一段距离之外撕裂他

然后碎成地面垃圾

他勉强听到,又弱又远——"是个男孩!"

随后一切黑了下来

乌鸦和妈妈

当乌鸦哭喊,妈妈的耳朵
被烧灼成一截残桩。

当乌鸦大笑,她渗出血来
胸脯、趾掌、额头全都渗血。

他试着迈出一步,再一步,然后又一步——
每一步都永远地损害着她的颜面。

当他突然暴怒
她向后倒去,现出一道可怕的伤口,一声恐怖的惊叫。

当他停下,她紧逼向他像一本书
覆在一页书签上,他不得不继续向前。

他跳进小汽车,拖索
套上她的脖子,他跳了出来。

他跳进飞机,但是她的身体卡在了喷气口里——
产生了极严重分歧,航班被取消。

他跳进火箭,它的发射轨道
彻底钻穿了她的心,他继续前进

火箭里暖和舒适,他看不清什么
但他透过舷窗向外张望瞥见了创世

并看见了数百万英里①之外的星辰
看见了未来和宇宙

在不断敞开,敞开
飞行持续,后来他睡着了,最后

坠毁在了月球上,他醒了,爬出来

从妈妈的屁股底下。

---

① 英制长度单位,1 英里约合 1609 米。

门

外面,阳光之下,一座躯体矗立。
那是实体世界的生长。

它是世界大地之墙的一部分。
地球植物——诸如此类的生殖器
和无花可开的肚脐
居住在它的缝隙里。
还有,一些地球生灵——比如嘴。
一切都植根于大地,或以大地为食,土质,
使那墙厚实牢固。

只有一个入口在墙上——
一个漆黑的门洞:
眼睛的瞳孔。

从那门洞里飞来乌鸦。

从日出飞到日落,他找到了这个家。

孩子气的恶作剧

男人和女人的躯体没有灵魂地躺着，
迟钝地打着哈欠，愚蠢地瞪着眼，
了无生气地待在伊甸园的花丛里。
上帝陷入了沉思。

问题太大了，思考把上帝拖入了沉眠。

乌鸦笑了。
他咬着上帝唯一的儿子——蠕虫，
咬成腾挪扭动的两半。

他把尾巴那一半塞进男人体内
伤口一端耷拉在外面。

他把脑袋那一半头朝前塞进女人体内
它爬向更深处，抬头
从她的眼睛向外张望
召唤尾巴那一半快来会合，快来呀
因为，噢，太痛苦了。

男人醒了,身体被拖曳着穿过草地。
女人醒了,看着他正在走来。
谁也不知道发生了什么。

上帝继续睡着。

乌鸦继续笑着。

乌鸦的第一课

上帝试着教乌鸦说话。
"爱,"上帝说,"你说,爱。"
乌鸦张大嘴,一条大白鲨冲进了大海
随后翻转向下,探寻自己的深度去了。

"不,不,"上帝说,"说爱。现在试试看。**爱**。"
乌鸦张大嘴,一只绿头蝇,一只舌蝇,一只蚊子
嗡嗡飞出,落向
它们追逐的形形色色的肉锅。

"最后一遍,"上帝说,"来,**爱**。"
乌鸦痉挛着,张大嘴,呕吐起来
人的无身巨首球茎般滚出,
落到地面上,眼珠转动,
喋喋不休地抗议着——

上帝来不及阻拦,乌鸦又呕吐起来。
女人的阴户落到了男人脖子上,**越收越紧**。
两人在草地上扭打作一团。

上帝奋力分开他们,流着泪,咒骂着——

乌鸦飞走了,满心愧疚。

乌鸦飞落

乌鸦看见群山移行集聚，在清晨云雾蒸腾。
他看见大海
脊骨黝黑，整个大地坐落在它的弯流盘绕之中。
他看见众星，冒着烟遁入黑暗，虚无森林里的
蘑菇，将孢子藏在云中，这上帝的病毒。

他战栗于创造天地的恐怖。

在恐怖的幻象中
他看见了这只鞋，没了鞋底，被雨水浸透，
躺在一片沼地里。
还有这只垃圾桶，底部锈烂，
成了风的游戏之地，在泥潭遍布的荒原之上。

还有这件外套，在黑黢黢橱柜里，在寂静的房间、寂静的屋
　子里。
还有这张脸，在黄昏的窗口和火的余烬之间，抽着烟。

在这脸旁，是这只手，一动不动。

在这手边,是这个茶杯。

乌鸦眨了眨眼。他眨了眨眼。没有任何东西消失。

他盯着眼前的证物。

没有任何东西逃离他。(无物可逃。)

那一刻

手枪枪口缓缓渗出蓝色雾气
被举起时
像一支烟被挪离烟灰缸

这世界剩下的唯一一张脸
破碎地摊开
在松弛下来的两手间,太晚了

树木永远闭合了
街道永远闭合了

身体,躺在
被遗弃世界的沙砾上
在被遗弃的有用物中
永远地暴露给了无限

乌鸦不得不开始搜寻吃的东西。

乌鸦听到命运敲门

乌鸦看向世界,万物堆叠如山。
他看向天堂,东一座西一座凌乱散落
在每一极限之外。
他看着脚前的小溪
汩汩流淌像一台辅助发动机
固定在这个无限的引擎上。

他想象整个工程
它的装配、维修和保养——
无助感顿生。

他掐断几茎叶尖,盯视内部
等候第一道指令。
他研究溪水中的一块石头。
他找到了一只死鼹鼠,慢慢将它肢解
然后盯着这堆残骸,感到无能为力。
他走啊走,
接收群星闪耀的半透明太空
无端吹奏进他的耳中。

然而他内心深处里的预言,像一个鬼脸,
我将要衡量它的一切并且拥有它的一切
而我将在它里面
像在我自己的笑声中
而不是从一个充满血腥、黑暗的被埋葬的囚室里
透过我眼睛的冰冷隔离室的墙
从外部盯视它——

这个预言就在他体内,像一个钢制弹簧

缓缓抻裂生命要害的纤维。

乌鸦暴龙

创世震动了一些声音——
那是一长列的
哀恸和悲叹
乌鸦能够听到,他惊恐地环顾四周。

雨燕的身体飞速逃离
悸动着
一群昆虫
和它们的极度痛苦,它们全被它吞食了。

猫的身体翻腾扭动
强行打开了
一条随之而来的
垂死挣扎的通道,悲上加悲。

而狗是一只膨胀的过滤袋
装着所有那些为了肉和骨被它狼吞虎咽掉的死亡。
它无法消化它们凄厉的终曲。
它不成声的鬼咜狼嚎是所有那些声音的一次激喷。

即便是人,他也是一个行走的
清白无辜之生命的
屠宰场——
他的大脑把它们的大声疾呼焚为灰烬。

乌鸦想道:"哎呀
哎呀,我是不是
该别再吃了
而去试试看变成光?"

但是他的眼睛看见了一条幼虫。他的脑袋,捕兽器突然被触
　　发,戳了过去。
同时他倾听
于是他听到了
哭泣声

幼虫,幼虫,他戳,他戳
哭泣
哭泣

哭泣声中,他一边走一边戳

因此才有了圆的
　　　　　　　眼睛
　　　　　　聋的
　　　　　　　　耳朵。

乌鸦的战争记事

曾经有过这场可怕的战役。
声响巨大到
是可能存在的声响极限才具有。
尖叫之音高,呻吟之深重
超过任何耳朵所能承受。
许多耳鼓炸裂,若干墙体
坍塌,只为逃避那巨响。
万物挣扎在各自途中
穿过这仿似黑暗洞穴中的洪流般
撕裂世界的震耳欲聋。

弹药筒轰然开射,依计划行事,
手指遵循兴奋和命令
让事态发展下去。
尚未受伤的眼中满是杀身致命。
子弹依照自然法则
追寻其行动方向
穿透一块块石头、大地、皮肤,
穿透内脏、钱夹、大脑、毛发、牙齿。
嘴里狂喊着"妈妈"

从突然而至的微积分陷阱里，
定理将人拗断为两半，
被分离开的惊恐双眼看着血
像从一处排泄管
四散流入星际间的空地。
一张张脸砰然砸进泥土
就制作一张生命面具而言
人们知道即便在太阳的脸上
他们也不可能学到更多或更切中要害。
现实在授课，
教授圣典和物理学的大杂烩，
例如，这里，抓在手中的脑浆，
那里，挂在树梢的大腿。

无处可逃，除了逃进死亡。
而且它仍在挺进——它命长过
海量的悼词，大量证实死亡时刻的钟表
许许多多状态绝佳的躯体，
直到炸药用尽
彻底的厌倦随之而来
劫后余生者环顾四周的劫后世界。

然后人人哭泣，
或瘫坐，精疲力竭致无力哭泣，
或躺倒，伤重致无泪。
当硝烟散去，情势廓清明朗

这太频繁地发生于从前
也会太频繁地发生于未来
并且轻易就发生
骨头太像板条和树枝
血太像水
哭喊太像沉默
最可怕的狰狞怪相太像泥中足迹
穿透腹部的射杀
太像划根火柴
人像台球桌上一杆击球落袋
太像撕碎一张账单
将整个世界炸成碎片
太像砰然关上一扇房门
太像跌坐一把椅中
愤怒得筋疲力尽
太像你自己被炸成了碎片
所有这些轻易就发生
太像不会带有任何后果。

于是,幸存者延存。
大地延存,天空延存。
万物俱负罪责。

无叶在枝头退缩,无人尚存笑意。

黑色畜牲

黑色畜牲在哪儿？
乌鸦，像只猫头鹰，转过他的头。
黑色畜牲在哪儿？
乌鸦躲在床上，准备伏击它。
黑色畜牲在哪儿？
乌鸦坐进椅子里，扯着抹黑黑色畜牲的弥天大谎。
它在哪儿？
乌鸦在夜半三更吼叫，用鞋楦子砰砰擂着墙壁。
黑色畜牲在哪儿？
乌鸦撕开敌人的颅骨直至松果体。
黑色畜牲在哪儿？

乌鸦把一只青蛙钉上十字架，在显微镜下，他窥视一条狗鲨的大脑。
黑色畜牲在哪儿？

乌鸦把大地烤成渣砖，他冲进太空——
黑色畜牲在哪儿？

寂寂太空拔营而逃，太空飞向四面八方——

黑色畜牲在哪儿?

乌鸦狂乱飞扑穿过真空,追着消逝的星星厉声尖叫——
它在哪儿?黑色畜牲在哪儿?

呲 笑

曾有这样一个隐身暗处的呲笑。
他想要个永久性的家。在那些表情疏忽之时
它将它们一一尝试,比如产妇
将婴儿推挤出她两腿之间时的表情
但那没持续太久;比如一个男人
盯着车祸发生瞬间
钢板横飞时魔怔了的
表情,他很快摆脱
遗表情于它自己,这甚至更为短暂;比如
一个机枪手长时间扫射时的表情,也不够长久;还有
一个高空作业工人撞击
地面前一秒时的表情;两个恋人
高潮时那几秒钟
因彼此投入过深全然忘却了
彼此是谁时的表情,那也没关系。
但没一个能持续下去。

于是呲笑试图露出
一个丢了东西的人啜泣的表情
一个杀人犯的表情,以及那个毁灭一切的男人

——他能够做到并有力量去毁灭——
在他突破肉体极限之前
折磨他人时的表情。

他尝试了那个
陷在电椅中的表情,为得到永恒死亡的
一纸聘书,但那太松弛了。

呲笑
一时困惑,消沉下来
缩进了颅骨。

乌鸦谈心

"嗯,"乌鸦说,"最初是什么?"
上帝,创世累得精疲力竭,鼾声大作。
"哪条路?"乌鸦说,"最初是哪条路?"
上帝的肩膀是乌鸦栖蹲的高山。
"来吧,"乌鸦说,"我们来讨论一下形势。"
上帝躺着,嘴巴大张①,一具硕大的死尸。

乌鸦撕下一大口,吞下。

"被听到之前不可理解的这个密码
会不会将自己泄露给消化过程?"

---

① 原文为"agape",该词如果作名词,指神对人的爱,也指早期基督徒举行的与主的晚餐有关的爱之会餐。凯斯·萨格尔这样分析该词的深刻用意:在圣体圣事中,信徒通过在圣餐仪式上象征性地吃他的肉、喝他的血而成为上帝。但如果上帝的身体只是这个世界("上帝的肩膀是乌鸦栖蹲的高山""一具硕大的死尸"),那么吃他就不能获得任何救赎。"乌鸦撕下一大口,吞下"的,不仅是未获救赎的世界,也是救赎之爱的尸体。而乌鸦通过这一餐,"感到强大了许多",这是他获得的唯一启示,因而下面他自称"the hierophant",意为某种导师或祭司,是神圣仪式和秘义的阐释者。乌鸦对自己半知半解意识到的秘密惊骇莫名。

（那是最初的笑话。）

但是，这是真的，他突然感到强大了许多。

乌鸦，这位秘义阐释祭司，背弓如峰，不可捉摸。

他半知半解。陷入无言。

（惊骇莫名。）

乌鸦对圣乔治的记述

他看到在宇宙中的每一事物
都是一条奔向一个答案的数字轨道。
伴着亢奋的狂喜,以灵敏的平衡能力
他驾驭着速奔的轨道。他造出一阵寂静。
他冷却一片空虚,
向外太空反创造一切,
然后拆开数字。巨大的石头落下破裂开来。
伴着最轻微的呼吸
他融化头足动物,从它们的残渣中
分拣出原初数字。用数字的小镊子
他从声不可闻的吱吱叫的细胞里摘取出胶黏的心脏——
他听到了什么。他转身——
一个魔鬼,周身滴答着秽物,正在门口龇牙咧嘴。
它消失了。他集中精神——
用一把数字的刀锋
他将心脏干净利落地一分为二。他毛骨悚然——
向上看去。一个魔鬼,长了张貌似蜗牛
或鲨鱼下颚的扁平脸,正透过窗户
冲他龇牙咧嘴。它消失了。感到困惑,
有点动摇,他聚焦注意力——

发现那心脏的核心是一个数字巢穴。
他的心开始怦怦直跳,他的手抖个不停。
有什么东西抓住了他的胳膊。他转身。一个鸟头,
无毛,蜥蜴眼,足球大小,立在两条摇晃的鸟腿上
它喉咙上的所有裂缝和褶皱都向他张开,
角状的爪子攫住地毯,
发出威胁。他操起一把椅子——惧怕操起他——
他把那个蛋壳状的东西砸碎成了血抹布,
一大堆蔓延物,他踩烂这冒着泡的秽物。
鲨鱼脸在门口尖叫
亮出它的尖牙。再操椅子——
他劈裂开那张脸,把椅子在翻腾扭动
牢不可破的死硬恐怖身上砸成了碎片
直到它躺下不动。现在随着一声尖叫
一个比其他东西大出四倍的玩意——
一个带毛发的大肚球,长着螃蟹腿,无眼,
举着它的螯猛戳他的脸,
它的肚子敞开——一个可怕的尖牙炉膛,
钳子正向他钳来,要把他拖进去。
他从它的背峰上抓取到墙上的一把剑,
一把仪式用的日式斩首斧,
当他在树林中劈开一条路,他撒播
被砍断的枝桠,敌方轰然崩塌。
他站定,收受了浑身血污,像切开原木
将瘫软的尸身,从头到脚

  切为二,踢开内脏——

走出泥泞的血坑。清醒过来——

剑落地，表情呆傻地跑出屋子
屋里，妻子和孩子们躺在血泊中。

一场灾难

传来的消息是关于一个词的。
乌鸦看见它一直在杀人。他进食愉快。
他看见它把座座城市
夷平为瓦砾。他再次进食愉快。
他看见它的排泄物施毒于一片片大海。
他警觉起来。
他看见它的呼吸将整个陆地
焚烧成粉尘焦土。
他一径飞远,密切注视着。

这个词满是自己的作风,全部是嘴,
无耳,无目。
他看见它吮吸城市
像一头母猪的奶头
它喝光所有的人
直到一个不剩,
一切都被消化在了那个词中。

贪婪地,那个词极力在地球凸起处
嘬起它无边的唇,像一条巨大的七鳃鳗——

它从那里开始吮吸。

但是它的气力变弱。
除了人,它不再能消化别的。
于是它在那儿收缩,疲弱泛起皱纹
慢慢化作泥浆
像一朵塌陷的蘑菇。
最后,一口排干的盐湖。
它的时代结束了。
剩下的唯有一片脆弱的沙漠
晃眼的是其中地球人的白骨

乌鸦在那里散步、沉思。

前颅骨的战斗

词语随同人寿保单到来——
乌鸦装死。
词语随同征召他入伍的许可证到来——
乌鸦装疯。
词语随同空白支票到来——
他在上面画米妮米老鼠。
词语随同阿拉丁神灯到来——
他卖了它买了个果馅派。
词语到来,像是一排阴道——
他叫来他的朋友们。
词语到来,像是一个喷涌亨德尔乐曲的鲜花环饰的阴道——
他把它交给了博物馆。
词语随同一桶桶红酒到来——
他让它们变酸,用来腌他的洋葱。

乌鸦吹着口哨。

词语用声门炸弹攻击他——
他不去听。
词语用发光的送气音包围、攻占他——

他昏昏欲睡。
词语以游击队唇音实施渗透——
乌鸦操喙叩击，啄伤它。
词语用辅音大众淹没他——
乌鸦喝了口水，感谢上帝。

词语撤退了，一阵害怕莫名
撤进了一位死去弄臣的颅骨
随身带走了整个世界——
但是世界并未注意到。

乌鸦打了个哈欠——很久以前
他就将那个颅骨剔空了。

乌鸦的神学

乌鸦意识到上帝爱他——
否则,他应该已经摔死了。
所以这就是证明。
满心惊叹,乌鸦信靠地听着他的心跳。

他还意识到上帝曾告诉乌鸦——
只有存在是他的启示。

但是,什么
爱那石头并说出石头?
它们似乎同样存在。
还有,在他聒啼的喧噪声消散后,
是什么说出那奇异的寂静?

又是什么爱着那些弹丸?
它们从串在一起的乌鸦干尸身上掉落
是什么说出那铅的沉默?

乌鸦意识到有两个上帝——

其中一个比另一个大得多
爱他的敌人
并且拥有全部武器。

乌鸦落败

当乌鸦还是白色的时候,他认定太阳太白了。
他认定它炫目的白光实在太过于白。
他决定要攻击它,打败它。

他攒聚勃发之力,周身光芒四射。
他挥舞着爪子,羽毛随怒气根根立起。
他将喙径直对准太阳的中心。

他大笑着扎入自己的中心

然后,攻击。

在他战斗的呐喊声中树木遽然变老,
树影被击倒俯伏。

但是太阳变得更亮——
太阳雪亮,而乌鸦浑身焦黑地折返。

他张开嘴,但出来之物俱是焦黑。

"在那上面,"他应付道,
"白就是黑,黑就是白,我赢了。"

乌鸦和群鸟

当老鹰一直翱翔着穿过滴翠的黎明
杓鹬在一声酒杯碰撞的叮零中拖网黄昏海上
燕子俯冲掠过岩穴中一支女人的歌
雨燕急遽轻拂一朵紫罗兰的呼吸

当猫头鹰摆脱明天的愧疚翔飞
麻雀自夸其昨日诺言
苍鹭远离贝塞麦转炉钢厂腾跃的炽光艰难跋涉
蓝山雀避开蕾丝内裤尖啸腾冲
啄木鸟规避旋耕机和玫瑰园笃笃敲打
田凫远离自助洗衣房翻腾在空中

当红腹灰雀扑通落进苹果花蕾
金翅雀在阳光下鼓胀似球
歪脖鸟于月夜曲爪如钩
河乌以露珠为目极力张望

乌鸦低头叉脚站在海滩垃圾堆里,狂咽着一支滴淋的冰
淇淋。

犯罪谣

有一个男人,当他降生时
一个女人摔落在船和栈桥间
在月亮向太阳让渡的时辰
她求救的哭喊声被压下湮灭
当他吮吸乳汁
贪婪地抓牢那供热点
一个老妇的头在一旁下沉,她的嘴唇松弛
燃料被吸干,变为一张单一的面具
倒映在半空的棕瓶上
相应的一双眼睛
变为瞎子皮肤上的小圆圈
当他奔去快乐尖叫着拿到他的玩具
一个老人从挤压变形的金属下被救出
茫然凝望着身旁锃亮的皮鞋
渐渐忘却荷马式的死亡
黑色的简易幕布
拉上如麻雀坠落的自然经济
当他与初恋情人紧紧搂抱
枯黄的女人躺在地板上
开始咆哮,而丈夫透过

一张麻木的面具向外凝视
感到他的身体像是硬纸板
当他走进花园看到他的孩子们
在小狗和皮球之间蹦来跳去
他听不见他们傻里傻气的歌和吠叫声
因为机枪的扫射声
和牢房里的一阵尖叫与狂笑
已和他的听觉在空气中绞缠成了一团
他不能转身面对那房屋
因为煎熬在怒火中的痛彻的女人
呼喊他的声音一直
在从空荡荡的金鱼塘里传来
当他开始吼叫以保卫他的听觉
并挥拳把幻象击成碎片
骤然间他的双手覆满了鲜血
现在他从孩子们身边跑开,穿过房子
举着他血淋淋的双手不碰到任何东西
他沿着公路奔跑,冲进树林
树叶之下他坐着哭泣

树叶之下他坐着哭泣

直到他笑了起来

海滩上的乌鸦

听着海滩砾石炸裂,看着它蹦跳弹飞,
乌鸦咂了咂舌头。
看着灰色大海捣烂它自己的一座山峰
乌鸦紧了紧鸡皮疙瘩。
感知到涌起自大海之根的浪花没有铰链拴住其波峰
乌鸦的趾爪抓牢了湿漉漉卵石。
当鲸穴的气味,被吞没的螃蟹最后的祈祷
仿佛是被螺丝锥钻送进他的鼻孔
他领悟到他是在大地上。
　　　　　　　他知道他抓住了
大海的妖魔怒吼和骚动中
某些转瞬即逝的东西。
他知道他是个多余的错误听众
对理解和有助而言——

关于大海,在他小小颅骨中
大脑的瞠目结舌,只够惊叹

是什么能够进行如此巨大的伤害?

角逐者

曾经有这样一个男人,他是强者中的
最强者。
他紧咬牙关像峭壁悬崖。
虽然他离去时身转风旋①像悬崖上的激流
烟雾向着黑暗峡谷升腾
那是他以空无之钉钉牢自己之所

世间所有的女人都移动不了他
她们来到,她们的嘴因撞上岩石而变形
她们来到,她们的眼泪盐浸他的钉洞
却只是在他的努力之上
徒增愤懑
身体朝上时,他不再对她们露齿而笑
做着鬼脸怪相,面孔朝下躺倒时
似一具硬邦邦的僵尸

他的凉鞋无法再带他移动,鞋上的皮带绷断

---

① 原文为"sweeling",苏格兰语,对应英语中的"swirling",有旋转着前进,(风、水等)卷成旋涡的意思。

从固定他的地方开始腐烂

世间所有的男人都移动不了他

他们用影子和窃窃私语磨损他

他们的争论是一种慰藉

像石楠花

他的腰带承受不住那围攻——它迸开

断裂在地

他龇牙一笑

幼童们齐声喊着号子前来挪动他

但越过呲笑的边缘

他从眼角只一瞥

他们便失去了活下去的勇气

橡树林随鹰的翅膀来了又去

山脉起起伏伏

他钉躺在十字架上,用尽在大地上的

所有力量

对着太阳呲笑

透过他眼睛的细小孔洞

然后对着月亮

再后来对着诸天的全副装备

透过他脸的缝隙

用他嘴唇的琴弦

透过他的原子和腐烂呲笑

呲笑着进入黑暗

进入嗡嗡作响的虚无

透过他的牙齿骨

有时眼睛闭着

在他已失去知觉的力量较量中。

俄狄浦斯乌鸦

用他们的绷带和防腐蜂蜜
木乃伊大肆攻占了他被撕裂的内部。
他扭曲身体摆脱掉,他吐空肚腹——
他飞走了。

一块墓碑落到他的脚上
扎下根来——
他咬穿那根腿骨,然后逃开。

在快乐谷中的水精灵
用樱草花、犬蔷薇盘绕他的头脑,
将他的嘴拽低到潮湿的腐殖土——
发出一声嘶嗥,他离开她的掌控。

他奔跑,振奋于他的脚步声和它的回音
还有对肘关节的观察

单腿,缺少内脏,无脑,他自己的破布——

所以死亡轻易地绊倒了他

又用一个笑声支撑起他，刚够活着。

他的注视乘着一大片坟土绝尘而去。

乌鸦悬吊在他的单爪上——被纠正的乌鸦。

一个警告。

乌鸦的梳妆台

凑近看这邪恶的镜子　乌鸦看见
迷雾憧憧的文明世界　高塔　花园
战场　他擦了擦镜子　接着来到的是

迷雾憧憧的摩天大楼　蛛网般的城市
镜面上满是水汽　他擦了擦　接着来到的是

蔓延的沼泽蕨在迷雾世界上展开叶子
一只滴答流淌的蜘蛛　他擦着镜面　他瞪眼看着

朦胧中瞥见那张惯常狞笑的脸

但这于事无补　他呼吸得太沉重
太灼热　而空间又太冷

接下来出现了朦胧的芭蕾舞女演员
燃烧的深渊　空中的花园　阴森怪诞

一个可怕的宗教错误

当那大蛇,棕色的地球之肠
从创生的原子中出来
带着扭结盘绕于它的不在场的自我

抬起长脖子
平衡着聋聩和矿石般的凝视
最后事实的斯芬克斯之谜

屈伸在那双叉的火焰摇曳的舌上
像是运行天体之沙沙声的一个音节

扭动翻腾的上帝的鬼脸,炉中的一片树叶

男人和女人的膝盖软下来,他们崩倒俯伏
他们的颈部肌肉软下来,他们的额头砰砰撞地
他们的眼泪显然已流尽倾空
他们低语"汝之意愿即我们的安宁"。

但乌鸦只是瞪眼瞧着。
     然后向前跳上一两步,

抓牢这生物皮肤松弛的颈背，

把它揍了个灵魂出窍，然后吃了它。

乌鸦尝试大众传媒

他想要歌唱她。

他不想在歌中将她与大地或任何东西相比较
夸大其词会像清洁剂
他甚至不想用词
那些词公然摇着他们的长尾巴
还发出他们的那些男妓惊呼

他想要极为清晰地歌唱

但是这辆坦克停驻在他的声音里
而他的嗓子被捏在罗马皇帝的食指和拇指之间
像一只红雀的脖子
同时大金刚本尊
抓着他的血循环像绞颈索
大亨们在一团雪茄烟雾中打赌他的腺体会迸飞

他浑身战栗把自己抖落出来，变得如此赤裸
当他触到她的胸部，它使他受伤

他只想单纯地歌唱她的灵魂

但是曼哈顿仍重压在他的眼皮上

他看着她的眼角
他的舌头蠕动像一处被污染的河口

他触摸她含笑的嘴角
他的声音回荡像缓缓转动的伦敦磨石
一阵污秽的烟霾腾起,
     她的形体一片模糊。

乌鸦的勇气衰退

感到自己脑力衰退,乌鸦
发现他的每一根羽毛都是一起谋杀的化石。

是谁犯下了所有这些谋杀罪?
这些活死人,扎根在他的勇气、他的血液里
直到他变得一目了然的黑?

他要怎样才能飞离他的羽毛?
为什么它们要以他为家?

他是它们罪状的档案室吗?
是它们阴魂不散的目标,它们渴望的复仇?
抑或是它们罪不可恕的阶下囚?

他不得被赦免。

他的牢狱是大地。身披自己的罪名,
努力想记起他的罪行

乌鸦沉重地飞着。

在笑声中

车辆相撞,行李、婴儿喷出
在笑声中
汽船倾覆,沉入水底,像特技演员倒立致意
在笑声中
急转直下的飞机终结于一声巨响
在笑声中
人的胳膊、腿飞出去,而后继续再飞
在笑声中
床上憔悴的面具重获一阵剧痛
在笑声中,在笑声中
带着不寻常的坏运气
陨石坠落在婴儿车上

耳朵、眼睛被包起
卷进头发里,
裹在地毯、壁纸中,用电灯花线绑定
只有牙齿还起作用
而心,在它敞开的腔穴里跳舞
在一串串的笑声上孤绝无助

而眼泪是镍币,随砰地一声关门撞在了门上

带着恐惧的恸哭声令人震惊
骨头
从备受折磨中跳出,肌肉只得维持原样

踉跄数步后,在众目睽睽中倒下

笑声依旧着百足虫靴子于四下里蹦跳
依旧以毛毛虫的步态到处跑来跑去
而后滚回到床垫上,腿晃荡在空中

但它终归只是人类的

最终它玩够了——太够了!
慢慢坐直,精疲力竭,
开始慢条斯理扣上扣子
伴着长长的停顿,

像某个警察前来带走的人。

乌鸦紧锁眉头

他是他自己的力量吗?
什么是那力量的签名?
或者他是一把钥匙,祷告者
手指的冰凉触感?

他是一只转经筒,他的心哼唱。
他所食乃风——
它的吁请之忍耐的力量。
他的脚印攻击无限

用其签名:我们在这儿,我们在这儿。
他是长久的等待,等待某物
来使用他,为了用于某个万事万物
正是它一直以来如此仔细地

以空无塑造了他。

魔法的危险

乌鸦思及一座宫殿——
它的门楣便撞碎了他,他的骨头被人找到。

乌鸦思及一辆疾驰的轿车——
它拖出他的脊骨,清空他的内脏,削去他的翅膀。

乌鸦思及风的自由——
他的眼睛顷刻烟消云散,风呼啸过土耳其马鞍。

乌鸦思及一份工资——
它当即窒息了他,它完好无损地从他尸体的胃甲被切除。

乌鸦思及一直被惦记的柔软和温暖——
它便用丝绸蒙住他的眼睛,用跳板将他送进了火山。

乌鸦一思及智力——
它便开锁反对他,而他用力撕开它不结果实的栏杆。

乌鸦思及自然的麻木不仁——
一棵橡树从他的耳朵里长了出来。

他的一排乌黑的孩子栖蹲在树梢。
他们呼啦啦飞走了。

乌鸦
再没挪窝。

知更鸟之歌

我是被追捕的国王
　　统治那冰霜和硕大的冰柱
　　　　还有脚着风靴的
　　　　妖兽寒冷。

我是无冕之王
　　我的领地是那雨世界
　　　　被闪电、雷霆
　　　　还有河流追捕。

我是风的
　　走失的孩子
　　　　风穿过我找寻别的什么
　　　　即使我哭喊风也认不出我。

我是这个世界的
　　造物主
　　　　世界滚滚而来碾压
　　　　并陷我的知识于无声。

天堂戏法

所以,最终是虚无。
曾被置入它的是虚无。
被加于其上的是虚无
要证实的是它从未存在
用虚无将它压扁碾平为虚无。

被一个虚无切碎
在一个虚无里摇搅
彻底地里翻外
散布一地的虚无——
于是人人得见那是什么都没有
并且再没有什么可对它做的了

因此它被丢弃。天堂里经久不息的掌声。

它撞击地面,破裂开来——

那儿躺着乌鸦,全身僵硬。

乌鸦行猎

乌鸦
决定试试用词。

为这活计他想象了一些语词,迷人的一套家伙事儿——
目光锐利,声音洪亮,训练有素,
有着强有力的牙齿。
你找不到教养得更好的一套了。

他指出野兔,奔过去一群
嘹亮的词。
乌鸦必定是乌鸦,但什么是一只野兔?

野兔把自己变换成一个水泥掩体。
环绕着一群大声抗议、响亮醒目的词。

乌鸦把词变成炸弹——它们爆破了掩体。
掩体的碎片飞了起来———群燕八哥。

乌鸦把词变成猎枪,它们把燕八哥射了下来。
纷落的燕八哥变成倾盆大雨。

乌鸦把词变成一个水库,收集雨水。
水变成一场地震,吞没了水库。

地震变成一只野兔,跳向山岗
它吃掉了乌鸦的词。

乌鸦凝望着跳跃野兔的身影
充满无言的钦羡。

猫头鹰的歌

他歌唱
天鹅如何获得永久的白色
狼如何抛开了它那泄密之心
星星们，放卜它们的做作
空气，舍弃了容颜
水，存心变得麻木
岩石，交出它最后的希望
寒冷死去，缘由不可知晓

他歌唱
万物如何再无更多东西可以失去

然后怀着恐惧一动不动地坐着

看向星星划过天空的爪痕
听着岩石振翅的声音

还有他自己的歌声

乌鸦的言外之意

她做不到大老远跑来

她最远只能来到水边

随着分娩的推涌力她来到
进入眼睫毛,进入乳头、指尖
她来到止步于血,她来到头发尖
来到声音的边缘
她驻留下来
甚至在死后,甚至在骨头之间

她唱着歌到来,因为她不能操纵乐器
她冰凉地到来,因为害怕衣服
来得太慢,眼中是受惊吓的畏缩
当她凝望着车轮

她邋里邋遢到来,因为她不能料理家务
她仅能保持干净
她不能数数,她不能持续

她无声到来,因为她不能使用词语
她带来花蜜中的花瓣,覆披绒毛的果实
她带来羽毛的斗篷,动物的彩虹
她带来她钟爱的毛皮,而这些便是她的话语

她多情前来,这就是她到来的全部目的

要是没有希望的话,她就不会来此

那么在城市里也就不会有哭声

(也就不会有城市)

乌鸦的象图腾之歌

很久很久以前
上帝造出了这头象。
那时候它精致、小巧
全然不硕大怪异
也不忧郁

鬣狗们在灌木丛中唱道：您真美丽——
他们露出被烧焦的脑袋、狞笑的表情
就像截肢后的半腐残肢——
我们羡慕您的优雅
跳华尔兹般轻快穿越棘手的成长
哦，带我们与您同去那平安之地
哦，永驻的天真、慈爱之眼
将我们救拔出熔炉
熄灭我们焦黑脸上的狂怒
在这些地狱里，我们痛苦翻滚
在我们牙齿的栅栏背后关进那个
每小时我们都在与之战斗的
广大如大地
因而拥有大地之力量的死亡。

于是鬣狗们跑去象的尾巴下面
一个柔韧的橡胶蛋似的尾巴
他在自在之中欣然漫步
但他不是上帝，不，
矫正遭诅咒的灵魂不是他的事务
于是盛怒之下陷入疯狂的他们亮出利齿
撕烂他的内脏
将他肢解抛进他们各自的地狱
在一片地狱笑声的夸耀盛况中
嚎叫他的每一分离的碎片
都已被吞下、燃烧。

当复活之际
获得修正的大象为自己聚合起
降下死亡的腿脚、防御利齿的身体和推土机般的骨头
以及彻底改换了的大脑
在苍老的眼后面，满是恶意和精明。

于是，穿过无需费力、无边无际的
身后阴界橘黄色火焰和蓝色阴影
大象走着自己的路，一个行走中的第六感，
而对面，与之平行
不眠的鬣狗群
沿颤抖如一座炉顶的光秃秃天际线而行
随着猛然一阵奔跑
他们的羞耻旗帜向下卷紧

贴附在肚皮上
那里面塞满了腐烂中的笑声
被渗漏、泄出物秽涂得污渍斑斑
他们还唱道:"我们的土地
是可爱、美丽之乡
是金钱豹腐臭的嘴
也是狂热的坟墓
因为这是我们拥有的全部——"
随后他们呕吐出他们的笑声。

而大象在森林迷宫的深处歌唱
一颗星,永生、没有痛苦的和平之星
但没有天文学家能找到它在哪里。

黎明玫瑰

正融化一枚苍老的冰冻之月。

一层层死之痛苦,寂寂埃尘,
一只乌鸦对着无情的天际线申斥。

荒凉是乌鸦皱缩的哭喊
像一个老妇人凹瘪的嘴
当眼睑死去
山岭依旧。

一声哭喊
无词
似钢秤盘上
新生婴儿的悲伤。

似雨幕晨曦中,针叶林里
闷钝的枪击和四下的回音。

或突然的坠落,血之星
沉重坠落在宽厚树叶上。

乌鸦的玩伴

孤独的乌鸦创造出众神作为玩伴——
但是山之神撕裂挣脱了

乌鸦从山脉的冷墙脸前退却
在那里他遭受了如此多的轻视。

河之神从乌鸦的生命之水中
扣减领走了条条河流。

一个神接一个神————从他身上撕裂
他本是它们的宿处、它们的权能。

乌鸦流离彷徨,拖着他污湿的残存部分跛行着。
他是他自己的剩饭菜,被吐出的骨头渣。

他是他的头脑可以不以为意的东西。

所以最微不足道的、现存的最低层次生命体
在他不死的伟大中四处游荡

比以往更孤独。

乌鸦自我

乌鸦跟着尤利西斯直到他转向
如一条蠕虫般,被乌鸦吃掉。

与赫拉克勒斯的两条鼓腹毒蛇搏斗
他出错扼死了德贾妮拉①。

从赫拉克勒斯的灰烬中熔解出的黄金
是乌鸦大脑中的一个电极。

饮着贝奥武甫的血,裹进他的皮里,
乌鸦与老旧池塘里出来的促狭鬼谈心。

他的翅膀是他的唯一之书硬挺的书脊,
他自己是唯一书页——固体墨水铸就。

他凝望向往昔之沼地

---

① Dejanira,或作 Deianira(得伊阿妮拉),意思是"她丈夫的破坏者",古希腊神话中赫拉克勒斯的妻子,因误中马人尼萨斯临死前设下的诡计,骗赫拉克勒斯穿上涂有毒血的衣服而致其死亡。

像一个吉普赛人看进未来之水晶球，

像一头豹子看向丰饶之地。

笑　意

始自最古老森林的叹息声
它穿越云层,一个第三光源
穿透大地的皮肤

它来到,盘旋大地之上
像一艘奔腾的浪的潜艇
高挺起的舰舶
摇荡柳树,涨起榆树巅
它寻找着自己的时机

但是人已早有准备
他们迎接它
以遮阳镜般的笑,反弹回来一个个镜像
以偷了一根骨头的笑
以满口鲜血退场的笑
以在麻木不仁之地留下毒药的笑
或(假意)笑弯了腰
遮盖住一个逃离

但是笑意太广大,它迂回包抄一切
它又太小,在原子之间溜走逃脱
于是钢公然尖叫
像一只被掏空的兔子,剩下的皮什么也不是
然后是路面、空气和光
把一切跳动的血封闭起来
并不强过一只纸袋
人们缠着绷带奔走
但是世界是一个冷风穿行的缺口
受造的万有
不过是一根破裂的排水管

那里曾有只不幸者的眼睛
钉在眉毛下面
因其背后的黑暗而越睁越大
它继续越来越大、越来越暗
仿佛灵魂根本不起作用

然而就在那一刻,笑意到来

推挤着想看上一眼人的灵魂,人群
已赤裸到羞耻心的底线,
遇上了这笑意
从他被撕裂的根部升起
触到他的唇,改变着他的眼
顷刻间

弥合起万物

在它荡涤而过、穿越大地之前。

乌鸦即兴创作

曾有这样一个男人
一只手抓着太阳,另一只手抓一片树叶——
跳荡的火星烧毁了他的名字。
于是他在一只胳膊下夹着他淡紫色包袱里的祖先
另一只下面,是他腿脚扭伤的狗——
闪光砰砰悸动的火星熔化了他眼中的万物,
留下一个黑色洞穴替代时间感。
于是他一只手操起索姆河战役
另一只手中是一粒安眠药——
爆炸的火星熔断了他笑声的阀门。
于是他一只手拿起一匹被无痛宰杀的马的头骨
另一只手,一枚引诱精灵的婴儿臼齿——
轰然炸响的火星烧光了他的哭丧人。
于是他将一只手靠在一块墓碑上
另一只手中攥着他的海盗旗——
猛然一击的火星用鼹蜥将他从头到脚裹住。
于是他一只手托起一只死田鼠
另一只手,抓牢相对论——
扎透钻出的火星在他的措辞中挖出了道路。
于是一只手里,他抓着一个女孩的笑——他仅有的一切,另一只手中,一个七年的蜜月——他记得的全部——
撞击坠毁的火星烤焦了他的性腺。
于是一只手里,他捏住一只装死的蜘蛛,
用另一只手,他去够圣经——
电闪雷鸣的火星耀白了他的每一根胡须。

于是他将他似喷嚏一声的出生放在一只手里
将他冰冷的死亡放进另一只手中
让那火星烧蚀他直至成灰。

因此甚至达·芬奇也不能
洞悉那微笑
飞走了消失于空气中——笑声的垃圾堆
尖叫,审慎,不慎,等等。

鸦　色

乌鸦曾经黑得多
比起月亮的影子
他曾经拥有星星。

比起任何一个黑人
他曾经黑得多
他黑如黑人的瞳孔。

甚至，像那太阳，
他更加黑
比起任何一种失明。

乌鸦的战斗狂怒

当那病人,周身发散疼痛,
骤然变得苍白,
乌鸦可疑地制造出一阵噪音,像笑声。

看着夜之城,在大地青蓝色的隆丘之上,
摇颤它的铃鼓,
乌鸦掀动起大笑如吼直到眼泪飙出。

忆起那彩绘的面具和阴森森迫近的气球
——被扎死的死者——
他绝望地在地上打滚。

他看着他遥远的脚,他喉头噎住难以成声,
他按住自己疼痛的两肋——
他几乎再难忍受。

他的一只眼睛陷进颅骨,小得像一枚钢钉,
另一只睁着,一个瞪圆的盘子盛着瞳孔,
太阳穴青筋毕露,每根都像个满月婴儿脉搏跳动的头,
他的双踵折向前方,

他的嘴唇从颧骨飞起,他的心脏和肝在喉咙里飞舞,
血呈一根圆柱从他的天顶盖爆破而出——

如此模样不可能存在于世。

离这世界须发之遥

    (随着他的怒火消散脸被粘回原样
    一个死者的眼睛回到了它的插座
    一个死者的心拧紧在他的肋骨下
    他破裂的内脏被缝起回归了原貌
    他碎成片的大脑被兜上了一顶钢风帽)

他向前挺出一步,
    然后,一步,
        又一步——

乌鸦比以往更黑

当上帝，对男人感到憎恶，
转向了天堂。
而男人，对上帝感到憎恶，
转向了夏娃，
局面看起来就要分崩离析。

但是乌鸦　　　乌鸦
乌鸦把他们钉在了一起，
把天堂和大地钉在了一起——

所以男人哭喊，却发出上帝的声音。
上帝流血，但用人的血流。

后来天堂和大地的接合处运转失灵
变得坏疽腐烂，散发恶臭——
无从拯救的恐怖。

极度的痛苦未曾消减。

人不能成其为人，上帝也不成其为上帝。

死一般的痛苦

与日俱增。

乌鸦

咧嘴狞笑

大叫,"这是我的创造",

飘扬起他自己这面黑色的旗帜。

复仇寓言

从前有一个人
没有可能摆脱他的妈妈
就像他是她最高处的嫩枝。
所以他暴击她、砍劈她
用数字、方程式、定理
这些他发明并称之为真理的东西。
他调查她,控告她
判她有罪,像托尔斯泰一样,
严令禁止,厉声谴责,
举着刀扑向她,
带着憎恶消灭她的痕迹:
用推土机和去污剂
征用单和集中供暖
来复枪,威士忌,烦忧的睡眠。

怀抱她所有的幼子,在幽灵般的悲泣声中,
她死了。

他的头坠地,像一片树叶。

睡前故事

很久很久以前,有一个人
几乎是个人

不知为何他看不太真切
不知为何他听不太清楚
他不太能想明白
不知为何,比如他的身体,
是断断续续的

他能看见他切的面包
他能看见他读到的单词的字母
他能看见他看着的手背上的皱纹
或者一个人的一只眼
或者一只耳朵、一只脚,或是另一只脚
但是不知为何他看不太真切

尽管如此科罗拉多大峡谷铺展裂口
像是一场为他进行的外科手术
但是不知为何他只有半张脸在那儿
并且不知为何那时他的腿不见了

而且虽然有人说话他却听不见

尽管他的相机走运地运作良好。

海床搬出它的隐私

展示它藏之最深的鱼类

他凝视他摸索着想去感觉

但是恰好在关键时刻他的手是可笑的蹄子

尽管他的眼睛在看

他的半个脑袋是水母,不能联系起看到的任何东西

而照片一片模糊

一声轰响,一艘巨大的战列舰断成了两截

仿佛为迎接他的扫视

一场地震掀起一座城市加诸它的市民

恰好在他用他的橡皮眼、发条耳

抵达那里之前

最美的女孩们

将她们的脸搁在他的枕头上朝外凝视着他

但不知为何他的眼睛位于错误的反方向

他大笑他低语但不知为何他听不见

他握紧、抓挠但不知为何他的手指不能抓住什么

不知为何他是个柏油娃娃[1]

不知为何有人正将他的脑子倒进一只瓶子

不知为何他就已经太迟了

成了一块毯子下的一堆碎片

当海怪浮出水面、盯住小船

---

[1] tar-baby,意译"棘手困境"。

不知为何他的眼睛未能协调运作
当他看见那个男人的头被一柄斧头劈开
不知为何茫然注视吞没了他的整张脸
恰好在关键时刻
然后又将它完整吐出
仿佛什么也没有发生

所以他只去能去的地方，吃能吃的东西
做他能做的事
抓他能抓住的
看他能看见的

然后坐下来写他的自传

但是不知为何他的胳膊只是碎木棍
不知为何他的肠子是根旧表链
不知为何他的脚是两张老旧明信片
不知为何他的头是破裂的窗玻璃

"我放弃"，他说道。他认输了。

创造又一次失败。

乌鸦的自己之歌

上帝锤击乌鸦
他造出黄金
上帝把乌鸦放在太阳下炙烤
他造出钻石
上帝把乌鸦放在重物下碾碎
他造出酒
上帝把乌鸦撕成碎片
他造出货币
上帝把乌鸦吹爆
他造出白天
上帝把乌鸦挂在一棵树上
他造出水果
上帝把乌鸦压进土里
他造出男人
上帝设法把乌鸦劈作两半
他造出了女人
当上帝说,"你赢了,乌鸦",
他造出了救主基督。

当上帝绝望地离去
乌鸦在皮带上磨利他的喙,开始用在那两个贼身上。

患病的乌鸦

他的病是某个东西不能将他吐出来。

松开这个像一个羊毛线团的世界
发现最后的最后拴在他自己的爪趾上。

决心要抓住死神,但无论怎样
步入他的埋伏处
都永远只有他自己的身体。

这位有我作为他一部分的高高在上的某某在哪里?

他潜水,他旅行,到处挑战,他攀爬,顺着
一根笔直的头发的眩光,最终遇到了恐惧。

他的眼睛震惊闭阖,拒绝去看。

用上全部的力量他发动了攻击。他感觉到了打击。

惊骇异常,他倒下了。

献给菲勒斯的歌

有个男孩叫俄狄浦斯
　　　被困在了妈妈的肚子里
他的爸爸砌墙堵住了出口
　　　他是个可怕的家伙
　　　　　　　　　　　妈妈　妈妈

你留在那儿,他的爸爸吼道
　　　因为一只小小的鸟儿
告诉了世界当你被生出
　　　你会待我像堆臭狗屎
　　　　　　　　　　　妈妈　妈妈

他的妈妈鼓胀、哭泣,越胀越大
　　　随着一声巨响他逃了出来
他的爸爸在皮带上磨利砍刀
　　　当他听到那个婴儿的喊叫
　　　　　　　　　　　妈妈　妈妈

噢,别把他被揭开的秘密斩断
　　　他的妈妈惊惧地喊道

想想会由此带来的快乐
　　　明天，还有明天
　　　　　　　　　　　　妈妈　妈妈

但是爸爸有神谕之词
　　　他抓过那个咆哮的小家伙
把它的腿绑牢在带钩的绳结里
　　　然后把它扔给了猫
　　　　　　　　　　　　妈妈　妈妈

但是俄狄浦斯他有运气
　　　因为当他碰到地面时
他像只盒中玩偶蹦弹起来
　　　把他的爸爸撞倒了
　　　　　　　　　　　　妈妈　妈妈

他如此猛烈地击中他的爸爸
　　　他的爸爸倒下，石头般僵死
他的叫喊声直接上达上帝
　　　他的鬼魂去了地狱
　　　　　　　　　　　　妈妈　妈妈

小鸟飞到俄狄浦斯面前
　　　你这个蓄意谋杀的小东西
斯芬克斯会咬掉你的睾丸

这道命令来自上帝
　　　　　　　　　　妈妈　妈妈

斯芬克斯向他招摇着她的大腿
　　大大张开她的无底洞
俄狄浦斯僵直地站着
　　为看见的可怕事物哭泣
　　　　　　　　　　妈妈　妈妈

他弯着一条腿站在那儿
　　斯芬克斯开始号叫
四条腿三条腿两条腿一条腿
　　谁用它们全部来走路
　　　　　　　　　　妈妈　妈妈

俄狄浦斯操起一把斧头
　　将斯芬克斯从头到脚劈开
答案不在我身上，他大叫
　　也许你的肠子里有它们
　　　　　　　　　　妈妈　妈妈

于是从肠子里涌出一万个鬼魂
　　都待在他们腐烂的身体里
哭喊着，你永远也不会知道
　　一个残忍的杂种上帝是什么样
　　　　　　　　　　妈妈　妈妈

随后出来的是他死去的爸爸
　　　在那地方到处尖叫
他扎着他妈妈的内脏
　　　对着她的脸微笑
　　　　　　　　　　　妈妈　妈妈

然后从那肠子里出来了他的妈妈
　　　血从她的肚子里倾出
你弄不明白的东西，她喊道
　　　你睡在它上面或对它唱歌
　　　　　　　　　　　妈妈　妈妈

俄狄浦斯再次举起了他的斧子
　　　这世界黑暗，他叫道
眼前的世界太黑暗
　　　另一边是什么样？
　　　　　　　　　　　妈妈　妈妈

他劈开他的妈妈像切个甜瓜
　　　他浑身上下被血浸透
他发现自己蜷缩在里面
　　　仿佛他从未被生出
　　　　　　　　　　　妈妈　妈妈

苹果悲剧

原本在第七天
蛇休息了。
上帝来到他的面前。
"我发明了一个新游戏。"他说。

蛇诧异地睁圆了眼
盯着这个闯入者。
但上帝说："你看见这苹果了吗？
我握住一捏，看——苹果酒。"

蛇痛快地喝了个够
然后蜷曲成一个问号。
亚当喝了说："做我的神吧。"
夏娃喝了，张开双腿

还呼唤歪在一边的蛇
要给他一段狂野时光。
上帝跑去告诉亚当
处在酒醉狂怒中的人，试图把自己吊死在果园里。

蛇想要解释，叫"停"
但是酒醉割裂了他的话音
而夏娃开始尖叫："强奸啦！强奸啦！"
还使劲踩他的头。

现在每当蛇出现她都会尖叫
"它又来了！救命啊！救命！"
然后亚当就操起椅子砸在它头上，
而上帝说："为我所喜。"

于是万物都去下地狱。

乌鸦陷自己于一幅中国壁画[①]

草宿营在它的深草丛中
带着它的长矛、旗帜,夜幕降临。

一个鬼魂前来
附在罗纹衫的精密棱纹上
形貌被折坏成了湿纸板
所有船员咧嘴而笑
当出现在一张烧焦、黑了边、
落在湿灰当中的婚礼照片上——

我轻薄的鞋底颤抖,
硫磺爆炸的冲击波经过,恐怖的强光。
人们惊惶奔逃,咳个不休,跌跌撞撞。
(画面一片模糊,因为连眼睛也在颤抖)
树林呛咳,摇晃,
大蜥蜴飞奔而过,昂着脑袋,
马群也在挣脱冲向自由。

[①] "To paint oneself into a corner",意为"让自己陷入困境"。休斯使用这一诗题"Crow Paints Himself into a Chinese Mural",当包含有陷于困境这一层意思在其中。

土地裂开在草丛与草丛之间
在我两脚间,像一张试图说话的嘴,
地球停尸房里的心和内脏
试图说些什么,对抗地心引力,
一位刚刚死去的神仍温热的、停止了思考的大脑
试图说些什么
反对它浓稠的死亡,
一个行星那被虐待伤害、涂满了血、没有身体的头颅
试图说些什么,
出生前就被砍下的头
滚落进太空,嘴被捣毁
但舌头仍活动着
找寻妈妈,在群星和血的唾沫之中,
试图哭喊——
一只黑鸟栖蹲李树
抖颤着、抖颤出它的音声。

我也是一个鬼魂。我是一个大将军的
鬼魂,安静地待在我的象棋前。
一千年已逝
在我走棋一步间。

暮晚等待。

长矛,旗帜,等待。

乌鸦的最后一役

烧吧
　　烧吧
　　　　烧吧
　　　　　　最后总有些东西
是太阳无法烧毁的,它已经熔化了一切
直到成就———一个最后的障碍
它对之怒火中烧,化其为焦炭

一直烧它,一直炭化

清澈透亮,在刺眼的炉渣结块当中
在律动的蓝色火舌,红色、黄色、
绿色火舌中,这大火的重重舐舔中

清澈透亮并且乌黑——

乌鸦眼睛的瞳孔,在它烧焦堡垒的塔楼中。

乌鸦和大海

他试图忽略大海
但是它比死亡还要大,正如它比生命还要大。

他试图与大海交谈
但是他的大脑关闭,眼睛从它身上退缩就像遇到了明火。

他试图对大海表示同情
但是它推开他——就像一个死去之物把你推开。

他试图憎恨大海
但是立即觉得自己像一只肮脏的干硬兔子落在海风劲吹的悬崖上。

他试图只待在大海一样的世界里
但是他的肺没有足够的纵深

他兴奋的血轰然向它开炮
像一滴水落向一个滚烫的火炉。

最后

他转过身,脚步沉重地离开了大海

当那上十字架者动弹不得。

真相杀死所有人

于是乌鸦找到了普洛透斯①——在阳光下蒸腾着。
散发出海底生长物的恶臭
像是地球排污口的塞子。
他颤动着躺在那儿——随时可能喷发。

乌鸦猛扑上去,用爪子牢牢扣住——

它变成著名的肌肉男阿喀琉斯——但是他抓住了他
一只瞪着眼的鲨鱼之食道——但是他抓住了它
一条环成圈的扭动的曼巴蛇——但是他抓住了它

它变成一根裸露的高压线,2000 伏——
他站到一边,看着他的身体变蓝
当他一次次抓它时

它变成一个尖叫的女人,他扼住她的咽喉——
他抓住了它

---

① 普洛透斯是希腊神话中的一个古老的海神,荷马所称的"海洋老人"之一。他拥有变化外形的能力,只向捉住他的人预言未来。

一只迸飞的方向盘弹射向一处崖岸——
他抓住了它

一箱珠宝卷进一个黑洞洞深渊——他抓住了它

一个升空的炽天使的脚踝——他抓住了它

基督那颗炽热跳动的心——他抓住了它

地球,缩小到一枚手雷大小

他抓住它,他抓住它,抓住了它,然后

砰!

他被炸得无影无踪。

乌鸦和石头

乌鸦很敏捷,但他不得不小心
他的眼睛,两滴露珠。
石头,地球捍卫者,笨重地向他飞来。

没必要详细描述一场战斗
在石头平淡无奇地连续掷出自己之地
乌鸦必定成长得更加敏捷。

低水准的太空竞技场,极度兴奋
永世万古以来激励着这对角斗士。
它们的斗争仍在回响。

但到如今石头已化作一场徒劳的尘土飞扬,
而乌鸦,变成了一个怪物——他只是眨眨眼
便惊恐地抓住了这个地球。

而这个从未被杀死的他仍在
无助地呱呱啼鸣
并且刚刚才出生。

古代石碑残片

上面——为人熟知的嘴唇,优美下垂的嘴角。
下面——一双大腿间的胡须[①]。

上面——她的额头,引人注目的珠宝盒。
下面——带着它的血结的腹部。

上面——凝着许多痛苦的蹙眉。
下面——那枚未来的定时炸弹。

上面——她完美的牙齿,角落里隐约可见的一颗犬牙。
下面——两个世界合成的一副石磨。

上面——一个词和一声叹息。
下面——一团团血块和婴儿。

上面——那张脸,形状像一颗完美的心。
下面——那颗心被撕碎的脸。

[①] 原文为 "beard between thighs","大腿间的胡须"这种表达虽然不合常理,但其画面是神秘图符"所罗门的大象征"(The Great Symbol of Solomon)所示,该图应是这首诗的灵感来源之一。

一出小戏的笔记

起初——太阳越来越近,每分钟都在变大。
随后——衣物被扯掉。
没有道别
面孔和眼睛蒸发。
大脑蒸发。
手、胳膊、腿、脚、头和脖子
胸和腹消失
同所有的地球垃圾一道。

火焰填满了全部空间。
毁灭是彻底的
除了留在火焰里的两个怪异物体——
两个幸存者,在火焰里盲目地行动。

变异——在原子能的刺眼强光中安之若素。

怪物——毛发丛生,口涎滴答,滑溜,生粗。

他们在空无中嗅闻彼此。

他们绑牢在一起。他们看上去在吞吃彼此。

但他们并没有相互啃噬。

他们不知道有什么别的可干。

他们开始跳一种奇怪的舞蹈。

这就是这些简单生物的婚姻——
在此庆贺,在这入阳的黑暗中,

没有宾客或上帝。

蛇的赞美诗

花园中的蛇
如果它不是上帝
它就是亚当鲜血的
滑行与推动。

亚当身体里的血
滑进夏娃
是那件永恒的事
亚当发誓那是爱。

夏娃身体里的血
滑出她的子宫——
缠结在十字架上
它没有名字。

再无他事发生。
不会死去的爱
摆脱无数张脸
蜕下痛苦的皮囊

悬挂起,一具空壳。
仍没有受难
令花园阴暗
使蛇之歌黯淡。

情　歌

他爱她她也爱他
他的吻吸走她全部的过往和未来或力图如此
他没有别的胃口
她咬他她啃他她吮吸
她想在身体里完整拥有他
安全笃定永永远远
他们小小的叫喊声振翅飞进了窗帘

她的眼睛不想让任何东西逃脱
她的眼神钉牢他的手他的腰他的肘
他死死抓牢她以免生命活力
将她从那个时刻拽走
他想让所有未来停止到来
他想以双臂环绕她来推倒
那个时刻的边缘进入空无
或永恒或无论什么东西
她的拥抱是模印般的紧贴
要将他印到她的骨头里
他的微笑是仙子城堡的阁楼
真实世界永远不会来到那里

她的微笑是蜘蛛咬痕

所以他静静躺着直到她感到饿了

他的言语是占领军

她的笑声是偷袭的刺客

他的眼神是复仇的子弹和匕首

她的眼色是角落里带着可怕秘密的幽灵

他的耳语是鞭子和长筒军靴

她的亲吻是律师们的不变书写

他的爱抚是荒岛余生者的最后钓钩

她那些爱的诡计是无休止的一把把锁

他们的沉沉痛哭爬行在地板上

像拖拽着一个巨大牢笼的野兽

他的承诺是外科医生的张口器

她的承诺揭走了他的头盖骨顶盖

她想要一个用它制成的胸针

他的誓言抽出了她所有的筋腱

他为她演示如何做一个同心结

她的誓言把他的眼睛放进福尔马林

放在她秘密抽屉的最里面

他们的尖叫戳进墙里

他们的头分离开来坠入梦乡像一个耷拉的甜瓜

分作了两半，但是爱难以停止

他们交缠而眠互换胳膊腿脚

情 歌 113

梦中他们的大脑互相扣押为人质

清晨他们顶着一张对方的脸

一 瞥

"噢，树叶，"乌鸦唱道，颤抖着，"噢，树叶——"

一片树叶的边缘触到他的喉咙
将其后的评论斩首。

　　　　　尽管如此
哑口无言的他继续盯着树叶

通过迅疾取而代之的上帝的头脑。

腐尸之王

他的宫殿以颅骨建成。

他的王冠是生命器皿
最后的碎片。

他的王座是骸骨搭就的绞刑架,吊死者的
拷问台和最后的担架。

他的礼袍是最后的血凝成的黑。

他的王国是空无——

空空的世界,从那里传出最后的哭喊
全力拍动翅膀,绝望飞离
进入到深渊的无明、喑哑与聋聩

起身返回,缩作一团,沉默的

要来统治沉默。

两支爱斯基摩人的歌

一　逃离永恒

没有面孔的男人跑遍大地而来
没有眼睛、没有嘴,须发全无,他跑着

他知道他脚踩死亡之石
他知道他是一个幽灵,这是他所知的全部。

  感受着石头之下的一百万年时光
  他找到一只蛞蝓
      但是闪电击中了它
烟腾之后一只烤焦的光环留在他麻木的手掌上。

  感受着石头之下的一百万年时光
  他找到一条鳟鱼
      但是一颗星耗散排放
飘落下苍白炽热的霜冻,鱼消散成一簇水晶。

感受着石头之下的一百万年时光
他找到一只老鼠
　　　　　　但是时间的一声叹息
将它吹散成了指节的碎片。

他找到一块尖利的岩石,他在他的脸上凿出坑洞
透过血和疼痛他看向大地。

他再次凿切更深,透过血和疼痛
他向着闪电、向着霜冻、向着时间尖叫。

而后,躺在大地坟场的骨头中间,
他看见一个女人从腹中倾吐歌声。

他给了她一双眼、一张嘴,用来交换那支歌。
她泣出血,她号出痛。

痛和血乃是生命。但是男人大笑——

那支歌值它。

女人感觉受骗了。

二 水如何开始运行

水想活着
它去往太阳它哭着回来
水想活着
它去往树林它们燃烧它哭着回来
它们腐烂它哭着回来
水想活着
它去到花丛鲜花皱皱巴巴它哭着回来
它想活着
它去到子宫它遇到了血
它哭着回来
它去到子宫它遇到了刀子
它哭着回来
它去到子宫它遇到了蛆虫和腐坏
它哭着回来它想去死

它走向时间它穿过石头的门
它哭着回来
它穿越所有空间去找寻空无
它哭着回来它想去死

直到它再无眼泪

它在万物的底部躺下

极其疲惫　极其纯净

小 血

哦小血,在群山中躲避群山
被群星所伤泄露了身影
吃着那药土。

哦小血,小无骨小无皮
用一只朱顶雀的尸体耕作
收割风,脱粒石块。

哦小血,在牛颅骨中击鼓
与蚊蚋的小脚
与大象鼻与鳄鱼尾共舞。

长得如此聪明如此可怕
吮吸着死亡发霉的乳头。

坐在我的手指上,哼唱在我耳中,哦小血。

乌鸦家族新神话

——特德·休斯《乌鸦》导读

赵 四

> 他的翅膀是他的唯一之书硬挺的书脊，
> 他自己是唯一书页——固体墨水铸就。
> ——《乌鸦自我》

开场白

阅读这本诗集，每一个心怀"天下乌鸦一般黑"执念的现代人，也就是基本只记得乌鸦负面文化内涵的读者，首先会反射性地提出一个问题：我们的大诗人特德·休斯缘何会在他创作生涯中最重要的第四本诗集里（凭此他成为了一位大诗人[①]）选择乌鸦

[①] 休斯最重要的研究者英国曼彻斯特大学的凯斯·萨格尔教授曾在其著作《特德·休斯的艺术》（*The Art of Ted Hughes*）中这样定位《乌鸦》对于诗人休斯的意义："在诗集《乌鸦》（*Crow*）问世后，我开始把休斯看作英国第一流的诗人，称得上是半个世纪以来伟大的英国诗人中的成功者，与叶芝、劳伦斯、艾略特等齐名了。"此后休斯声誉日隆，到20世纪80年代以后，对这位此前被冠以称谓"20世纪60年代以后最重要的英国诗人之一"的诗人，"之一"被取消了，休斯成为英伦评论界公认的"20世纪60年代以后最重要的英国诗人"。

作为主角？

作为中国读者，即便我们多少有些残留的关于"三足乌"太阳神的记忆，也早已随着后羿射下的九个太阳，在多少个世代"不语怪力乱神"的精神系统哺育下，只在心灵之耳中烙下了"乌鸦嘴"发出的不祥鸣啼……

但是对大不列颠岛或北美大陆的读者而言，情况可能会大不相同。

温斯顿·丘吉尔如果再多活个五六年，寿延至 1970 年，读到新出版的休斯《乌鸦》，他可能会心一笑。据说二战期间，伦敦塔山被轰炸，伦敦塔里的乌鸦找不到了。对古代传说了如指掌的丘吉尔立即下令更换乌鸦，于是新一批乌鸦吉祥物从凯尔特人的土地——威尔士丘陵和苏格兰高地出发，被带到了塔山上的新家来安身立命。

我们隐隐感觉到，休斯在这本诗集的题材选择方面，对于一个不列颠人来说，可能不但不是逆天而行，反而带点准备登顶不列颠的诗歌王者钦点乌鸦的理直气壮，至少我们嗅得出，休斯的诗歌意识中饱含着某种文化寻根气息。

所以，为中国读者阅读理解计，我们首先来探寻一下塔山乌鸦的根源。

凯尔特大神布兰（Brân），其名字就是凯尔特语的"乌鸦"之意，全称"终有一死的巨人布兰"（Bendigeifran，英译 The mortal giant Bran）或"蒙福的布兰"（Blessed Crow），原为海神，是一个体型巨大的神，能够徒步涉过不列颠和爱尔兰之间的海峡，后来被描述为大不列颠岛的加冕国王（如威尔士神话传说故事集《马比诺吉昂》）。由于他身体过大，他和他的廷臣们不得不住在帐篷里，因为没有任何足够大的房子能够容纳他。凯尔特人崇拜人头，认为它是灵魂所在之地，人死后它可以独立存活。布兰在受了有毒长矛攻击带来的致命伤后，要求他的同伴们砍下他的头随身携带，这样他就会给他们带来美妙的娱乐和陪伴，只要他们不打开某道禁忌之门，一切就可以保持原状。而如果那扇门被打开，他们会发现自己回到了现实世界，并会记住他们所有的悲伤。最后，布兰请同伴将自己的头颅埋葬在伦敦的白山（即现在的塔山）。一切果然如布兰所预言的那样发生了，布兰的"高贵头颅"（Urdawl Ben，英译 noble head）在哈莱克（Harlect）陪他的同伴们渡过了87年欢乐时光，最终被带到伦敦，葬在了白山，面朝法兰西，布兰的头颅作为守护神阻止着异族入侵，直到被挖出。传说是亚瑟王挖出了它，因为亚瑟王希望不列颠由他的战士们的勇气而非辟邪法宝来守护。高贵头颅此后则统领着异世界的乐土瓜利斯岛（island of Gwales）。

既然故事中闪过了亚瑟王的身影，文学饱学之士可能会忆起拉曼却地区的守护者堂吉诃德骑士那关于游侠骑士是何意思的著名回答：

"诸位没有读过英国的编年史和历史吗？……里面谈到了亚瑟王，我们罗马语系西班牙语称之为亚图斯国王的著名业绩。人们广泛传说，英国那个国王并没有死，而是被魔法变成了一只乌鸦。随着时间的推移，他还会恢复他的王国和王位，重新统治他的王国。从那时起到现在，没有一个英国人打死过一只乌鸦，这难道还不能证明这一点吗？"

看来在英格兰，在康沃尔流传的亚瑟王以乌鸦的形式继续存在，而射杀乌鸦会带来厄运的传言与禁忌，早已漂洋过海，越过赫拉克勒斯之柱，在伊比利亚半岛上游荡了多个世纪。

从中也可见，乌鸦，在不列颠民间文化传统中结出的重要想象性果实,竟是王者。不禁让人感慨,唯死亡是最后胜者!总在死亡第一现场率先出现的乌鸦,凭此捷足先登秘境而为神使、而为王者?只有休斯的诗句,使这王者的信心尖利震响于一个个听者的耳鼓:

"但是谁比死神还强大?
显然是我。"
——《子宫口的考试》

死亡是胜者,但唯有生命,是王者。在休斯《乌鸦》中的主角,是生命不管不顾地去尝试一切的不可磨灭的冲动,是无从被粉碎,可以无尽腐化、无尽转化的生命"能量"之本尊,因而他比死亡更强大。

如果从人类学角度来考察乌鸦——这一在地球上最为聪明、分布最广、最为杂食和最少音乐性的鸣禽,考察其文化积淀的风息在历史记忆中吹遍七大洲五大洋的洋洋大观,那可真是一个乌鸦学大课题,够写出一书架著作来。

所以,我们就此打住,来看看休斯是如何创造出文学的新乌鸦史诗的。

乌鸦的歌:源起

休斯的出生地麦特莫伊德村位于西约克郡上考尔德地区,在诗集《艾默特废墟》(*Remains of Elmet*)的序言中,休斯谈到这里曾是盎格鲁入侵之前的最后一个古凯尔特王国的一部分。我们可以想象,从英国语言文学专业转学到考古和人类学专业的休斯,在转学后无须专门学习,自小听闻和阅读的故事便使他对当地流传的诸多古老凯尔特神话传说耳熟能详,这些古老记忆是积淀在他血液和本能里的精神基因。

对于这些神话传说中的乌鸦形象,休斯认识明确,在写给评论家阿兰·鲍德的信中他曾言之笃笃:

> 乌鸦是布兰之鸟,是不列颠最古老、最高级的动物图腾。……英格兰却自以为是狮子——但那只是后来冒牌的舶来品,英格兰本土的图腾应该是乌鸦。无论你怎么绞尽脑汁来描画一个英格兰人的色彩,你多少总会想到乌鸦。

据《剑桥文学指南:特德·休斯卷》介绍,当休斯在剑桥大学从英语专业转学人类学专业时,他经历了他认为的"萨满召唤","最戏剧性的表现出现在他醒着的梦中。超自然力量介入了……"[1],此后毅然扎根于人类学的专业学习和长期兴趣所在的有意识的阅读积累,这使休斯在诸精神学科方面都具有较为全面系统和专业的认识水平。他对人类学、神话学、精神分析学、神秘主义等思想广泛接受,对萨满教、赫尔墨斯主义、新柏拉图主义、苏菲主义、炼金术、藏传佛教、犹太教喀巴拉等都有专业的判断分析能力,对物理学、民族志、生态学、动物行为学和超心理学等也保持了终身的兴趣。可以说,顺应着时代风潮,那是一个世界的"他者"形象急剧涌现以应对时代精神危机,从而使人

---

[1] 本文中引自该书的内容均出自第五部分,兰德·布兰德斯撰写的《人类学家的神话应用》,载于泰瑞·吉福德编《剑桥文学指南:特德·休斯卷》,剑桥大学出版社,2011,第69页。

类有史以来第一次拥有"所有人类文化可供我们研究"(加里·斯奈德语)的人文环境,当此际,出于自身精神危机亟需心理出口等内在原因,休斯充分利用世界博物馆,建构起了自己作为一个当代神话诗人的外延广阔的知识结构。求学经历上遇到的"萨满召唤",也预示了日后休斯将成长为一位萨满巫灵式的诗人,终身信奉诗歌的解放和同等于宗教疗愈之力的诗学理想。他真正实现了叶芝对诗人的寄望,诗人必须研究哲学:学习一切,然后在写作时忘记它。只是休斯用包含了"神哲学"在内的、同等广博的,视角更为原始、非西方的"人类学",替换了"哲学"一词。到休斯写作《乌鸦》时,他已具有了广泛融合的内化了的原始主义世界观,"萨满和神话追求将成为诗人作为治疗者和解放者的主要范式和神圣脚本"(兰德·布兰德斯)。

虽有传言,但爱伦·坡的《乌鸦》(*The Raven*)灵感是否真的来自狄更斯的乌鸦"格雷普"[①],我们并不能确定。休斯的《乌鸦》(*Crow*)灵感首先来自伦纳德·巴斯金与乌鸦相关艺术作品,则是毫无疑义的。在《沙滩上的乌鸦》一文最后,休斯自述道:

> 《乌鸦》的诞生源于伦纳德·巴斯金的邀请,当时,我受邀与他一同创作一本单纯以乌鸦为主题的书。成群的乌鸦已然以各种各样的形态聚集在他的雕塑、绘画与版画作品之中,但他希望能在此基础之上创造更多的乌

[①] 仿佛为坐实不列颠人的乌鸦情结,爱养动物的英国大作家狄更斯一生养过三只乌鸦,名为格雷普(英文 Grip,"紧握"之意)一世、二世、三世。1842 年,某世格雷普更是陪同作家作了美国之行——此行在费城,狄更斯遇到了爱伦·坡,美国作家被这只健谈的乌鸦深深吸引。有一种传言,这只格雷普就是爱伦·坡名诗《乌鸦》的灵感来源。

乌鸦家族新神话

鸦。或许，在任何一位作者手中，作为一本书的主角，乌鸦都将成为一种象征，而一只具有象征意义的乌鸦始终活在传奇世界之中。这便是《乌鸦》之翔的开端。[1]

巴斯金是纽约一位犹太教正统派拉比之子，曾在第二次世界大战的欧洲战场上作战，他的艺术作品充满了表现人类普遍存在的非人性的暴行和黑暗预感而带来的冲击力。和他灵魂相通的休斯接受邀请，在1966年至1969年间进行了大规模的乌鸦主题写作，这个时期也正处在休斯生命中的两次最大悲剧期间。不得不说，休斯的"乌鸦"新神话，是带着应对危机、旧我死去、寻求复活新生的诗人"以追求成为一个更好的人的乌鸦（，但却失败了）"为灵魂重生框架横空出世于休斯的命运中的。诗人首先疗愈自我，而当他并不以"自白"为诗歌方式，而是诉诸神话、神秘主义和魔力来探索宇宙、社会、自我，借此实现疗愈，他也就因这介质的普世性而具备了疗愈读者和社会的可能，前提是如果后者放弃防御、准备接受治疗的话。

1963年2月11日，休斯的前妻美国女诗人西尔维娅·普拉斯自杀辞世。六年之后，1969年3月23日，当年休斯婚内出轨后与之共同生活的情人阿西娅·魏维尔携她与休斯的女儿，年仅四岁的舒拉[2]，以同于普拉斯的煤气自杀的方式惨烈弃世。任何两个人之间的相处都只有当事双方自己知道是什么感受，外人难以置喙，

---

[1] 特德·休斯：《冬日花粉：休斯文集》，广西人民出版社，2021，第330页。
[2] 休斯从未公开承认过舒拉是他的孩子，但是休斯的姐姐相信舒拉是休斯和阿西娅的孩子。阿西娅和舒拉弃世之后，休斯的母亲因深受儿子仿佛遭诅咒的与女性悲惨关系的刺激，也很快就去世了。"乌鸦诗"的写作便终结于休斯的这些个人生活危机之中。

能够对双方相互关系的各种模式有所了解，同时又富于同情理解的，事实上也许只有星象学家，这一点作为心理学家而又对星象学造诣精深的荣格有资格启示世人。面对文本，我们所能知道的只是，起于普拉斯自杀的心理危机的乌鸦创作，终结于阿西娅危机，化作了《乌鸦》献词里的一行沉重字迹：纪念阿西娅和舒拉。

因此，我们认同："危机是休斯大部分作品的催化剂，而《乌鸦》则是对个人和公共危机的回应。'我的整个写作生涯有时对我来说并不是在寻找一种特定的风格，而是针对这种或那种危机的风格。'"（兰德·布兰德斯）休斯显然对自己的"灾难创造"诗歌的心理机制比任何评论家都认识得更为清晰、深刻。他亦曾自述关于《乌鸦》的风格考虑：

> 《乌鸦》的第一个想法实际上是一种风格的想法。在民间传说中，王子继续他的冒险征程，他来到马厩，里面满是漂亮的马匹，他需要一匹马步入下一阶段，国王的女儿建议他不要接受提供给他的任何漂亮马匹，而要选那匹肮脏结痂的小马驹。你看，我扔掉了老鹰选择了乌鸦。这个想法最初只是为了写他的歌，一只乌鸦会唱的歌。换句话说，是没有任何音乐的歌，用一种超级简单和超级丑陋的语言，在某种程度上摆脱了除了他想说的话以外的一切，没有任何其他考虑，这就是整个事情的风格基础。我在几首诗中接近了它。从那里我真正开

始得到我想要的东西。①

这些用"超级简单和超级丑陋的语言"写就的乌鸦的歌，具有"原始的奥义咒语制造者"②（primitive, gnomic spellmaker）写就的"小寓言""视像逸事"的原型诗歌风格。以"乌鸦诗"写就的乌鸦新神话，在类似于世代以来承载着强大能量和情感的神话、仪式框架内，以原初人乌鸦的眼光和其孩子气的情绪化的古怪态度，体验、经历着生与死的戏剧性及其激荡，触及神性和魔性的强大力量，在古老的人类行为模式中展开以普遍的元素法则和生物法则为源点的宇宙视野。

休斯在数个场合均谈到过这只乌鸦的"噩梦创生"起源，是一个他曾有宏大构想但终究没有写出的伪经故事，这个故事和《乌鸦》的关系是"组装起诗歌的机器"，本身和乌鸦诗歌并不相关，《乌鸦》诗歌是对乌鸦起源故事之外的乌鸦生活的创造：

已完成了创世的上帝，反复做着一个噩梦。一只巨大的手自深空伸来，扼住他的脖子，几乎要勒死他，拖着他穿越太空，和他一起犁地，然后将一身冷汗的他扔回天堂。与此同时，人坐在天堂的门口等着上帝的召见，他是来请求上帝收回他的生命的。上帝愤怒已极，撵走了他。噩梦似乎独立于创造，上帝无法理解。噩梦充满

---

① Fass, E. interview "Ted Hughes and Crow (1970)", in "Appendix Ⅱ" of *Ted Hughes: The Unaccommodated Universe* ［埃克伯特·法斯访谈《特德·休斯和乌鸦》(1970)，载于《特德·休斯：无人适居的世界》，黑雀出版社，1980，"附录二"，第208页。］
② 休斯评价塞尔维亚诗人瓦斯科·波帕语。

了对造物的嘲讽，尤其是对人。上帝挑战噩梦是否能做得更好。这正是噩梦一直在等待的。它坠入物质中创造出了乌鸦。上帝通过让乌鸦经历一系列的考验和磨难来试炼他，这有时会导致乌鸦被肢解、变形或是被消灭，但乌鸦幸存下来，几乎没有变化。与此同时，乌鸦也干涉上帝的活动，有时试图学习或有所帮助，有时恶作剧，有时公开反叛。也许，他的抱负是想成为一个人，但他从未完全实现。[1]

由费伯出版社于1970年出版的第一版《乌鸦》，全名《乌鸦：来自乌鸦的生活和歌》，收录55首诗作。我们据以进行中文《乌鸦》翻译的版本，是费伯出版社2020年出版的第三版——《乌鸦》50周年纪念版，共收录67首诗歌。第三版中多出的12首，包括了出现于1970年费伯出版社之外发表的两辑乌鸦诗"4首乌鸦诗"和除《狂欢节》之外的"几首乌鸦诗"中的6首，而在1971年小出版社出版的《乌鸦醒来》11首诗中，只有《角逐者》一首被收录进了第三版。

按照保罗·基根在休斯身后编辑出版的包括了他所有杂志、小出版社出版作品和未刊诗在内的《休斯：诗全集》（费伯出版社，2003）的时间线索，我们可以大抵清楚地看到休斯的"乌鸦诗"构成，尚不止于这67首。也许费伯出版社将来出第四版《乌

---

[1] 该故事叙事采用萨格尔版，见凯斯·萨格尔：《特德·休斯的艺术》，剑桥大学出版社，1978，第106页。

鸦》时会对所收篇目再度调整①。

《乌鸦》中的伪圣经寓言和倒置的希腊神话

基督教，对休斯来说，"只是关于人类与创造者和精神世界之间关系的另一个临时性的神话"（法斯访谈）。因此，它是不完备的，它的不足之处引发了《乌鸦》中的大部分喜剧。也因为乌鸦"创生自上帝试图改善人类的噩梦"，某些诗篇也很自然地会带上噩梦创造者写就的伪圣经的色彩，《乌鸦》里很多地方都显示出休斯对《圣经》老练和异端的操作能力。

在讲述了乌鸦的"黑"历史之后，于诗集第二首《世系》开篇，我们首先就看见了一句戏仿，"In the beginning was Scream"，这里无疑化用了圣经《约翰福音》中的首句"In the beginning was the Word"。在貌似异端实则本真的想象中，太初可能既无道（言），亦无上帝，也无光，大爆炸之前的宇宙也许就是一片黑暗和混沌，而恐惧是人类进化的源动力，如果那时有某种意识存在，伴随着宇宙大爆炸的同时，可能其中会有一声不可闻见的"太初有尖叫"。

---

① 这里以注释的形式对其余可查的"乌鸦诗"篇目作一备存。在1967—1970年的未刊诗当中，有《鸦羽笔》《乌鸦的盛宴》《一首乌鸦颂》《悲哀之歌》《关于存在的歌》《幸运的愚行》《这个象棋游戏》。《乌鸦醒来》11首当中，《角逐者》之外的10首是《乌鸦醒来》《骨头》《护身符》《在狮子的土地上》《我看见一只熊》《睡前逸事》《反对雪鸦的歌》《船》《摇篮曲》《雪歌》。1971年出版的三诗人合集《茹丝·范恩莱、特德·休斯、艾伦·西利托》当中亦有5首"乌鸦诗"，即《恶的起源》《乌鸦的英格兰之歌》《乌鸦求偶》《乌鸦的上帝之歌》《正义者乌鸦》。还有一些原先为《乌鸦》准备的，但最终收进了《穴鸟》（1978年）的作品。

汉译通常将《约翰福音》首句译作"太初有道"（"太初有言"），这样的译法流传极广、深入人心，但要套用，把《世系》首句译作"太初有尖叫"，对这首调性并非戏谑嘲讽的诗来说，会显得不伦不类，所以此处译作"最初的父是尖叫"。因为全诗不断复现的主要动词是"begat"，"由父神生出"的意思，这个大有意味的词，因宗教思想的差异，恰巧在汉语中没有对等词，所以译者选择在此处添加上"父"的内容。

伊甸园中的蛇，原本是罪与死亡的始作俑者，在《孩子气的恶作剧》①中它被高明的诗人打回了某种似是而非的原形，置换回归成生命的菲勒斯（阴茎）象征"上帝唯一的儿子——蠕虫"，重新解释了性的起源。乌鸦的介入解决了把上帝拖入沉眠的大问题，那就是如何赋予他创造的没有灵魂的亚当、夏娃以任何目标或刺激他们去从事某些活动，乌鸦让他们去从事性行为，这样，人类种族可以千秋万代地延续下去了。

在《苹果悲剧》中，诗人强调的仍是苹果的力量。但当"苹果"被"苹果酒"置换，伊甸园变成了狄俄尼索斯的颠覆世界，先来个彻底换位，引诱者现在是上帝，真正创世的蛇被他引诱喝成了个问号。人类的堕落是在一场醉酒中放荡堕落的，所以，结果仍一样，堕落的万物都要下地狱。休斯在这里将苹果和原罪之间的联系解释为苹果酒，它由上帝发明，被亚当、夏娃和蛇喝下，原罪仍为基督教诞生之后的所有后来人的罪过负责。

---

① 本文中对具体诗篇的分析，多参考、综合自以下三书，即《特德·休斯的艺术》《特德·休斯：无人适居的世界》《特德·休斯诗歌中的埃娃·帕内下：萨满要素》（剑桥学者出版社，2018），以及本文作者的一些发挥，特此说明。

在《乌鸦的第一课》中,这一次,上帝终于是正典中的那个上帝了,至少如《约翰一书》中所言"上帝就是爱"。上帝希望所有的创造都建立在爱之上。然而,乌鸦,秉持曾为前基督教大神的记忆,是凯尔特的布兰或死亡女神莫瑞甘(Morrigan),是奥丁的"思想"和"记忆",是古希腊太阳、医疗之神的象征,是北美洲的虚空、太空黑洞……它可以是万事万物,是自然之道,尤其是"充满了事物的所有自然残酷性"的道,这是乌鸦的生存之道。但是,乌鸦的世界里唯独没有爱,乌鸦表达不出它没有的东西。

《乌鸦谈心》中,消解救赎之意传达得非常隐晦,是被乌鸦"半知半解"意识到的。当上帝的身体只是这个世界——"一具硕大的死尸",那么在宗教仪式中信徒通过在圣餐仪式上象征性地吃他的肉、喝他的血而成为上帝就变得不再可能,吃它不能获得任何救赎,因而这具尸体也是救赎之爱的尸体。乌鸦通过对这尸体"撕下一大口,吞下"的这一餐而变得强大,因为通过这个仪式他隐约意识到了救赎不存在这个秘密,故而他自称为神圣仪式和秘义的阐释者"the hierophant",尽管他被自己意识到的秘密震惊得目瞪口呆。

最终,作为探索者的乌鸦意识到,在传统的上帝——那个"以多种形式陪伴乌鸦走遍世界,错误教导、哄骗、诱惑、反对,并在每一个方面都试图阻止或摧毁他"的"人所创造的、崩塌的、一个摇摇欲坠的宗教的腐朽暴君"——之外,一定有另一个上帝。

乌鸦意识到有两个上帝——

其中一个比另一个大得多
爱他的敌人

并且拥有全部武器。

——《乌鸦的神学》

这个上帝才是乌鸦的创造者,他是那个传统上被叫做上帝的神的囚徒——一个神秘、强大、无形的创造者,"乌鸦的全部求索都旨在找到并释放自己的创造者,上帝的无名的隐藏囚徒,他反复遇到他,但他总是以某种无可辨认的形式出现"[1]。可是作为一个自我被囚禁在罪中的"每一根羽毛都是一起谋杀的化石"(《乌鸦的勇气衰退》)的乌鸦,视像被相关的文化镜像所扭曲(《乌鸦的梳妆台》),它虽然能感知到这另一个上帝,但更多感知到的还是其毁灭性的方面,即便有时这个创造者也内在于他自己身上。如《乌鸦落败》中他对之进行可笑豪迈战斗的那个"太白了"的让乌鸦落得个焦黑下场的太阳;或是当乌鸦把天堂和大地钉在了一起,接合处却运转失灵,变得比以往更坏,他(只得)扬言"'这是我的创造',// 飘扬起他自己这面黑色的旗帜"(《乌鸦比以往更黑》)。

《蛇的赞美诗》是《乌鸦》里的最后一个伪圣经寓言。还原为血的"滑行与推动力"的蛇比"骗子"乌鸦(下节详谈)的过度矫正远为冷静、真实地完成了对上帝创世的消解。它精准地拆除了基督教关于堕落、被钉十字架的受难和上帝无限之爱等的教义,直到只剩下一些关于性、出生、生命和死亡的基本事实:

---

[1] 这里及以上涉及的传统上帝和隐藏上帝之辨引语均见《乌鸦》唱片封套说明文字(克拉达唱片,1973),这种上帝观是一种典型的诺斯替或喀巴拉思想的体现。

再无他事发生。
不会死去的爱
摆脱无数张脸
蜕下痛苦的皮囊

悬挂起,一具空壳。
仍没有受难
令花园阴暗
使蛇之歌黯淡。

相较于"希腊-罗马"神话语汇,休斯更亲近、认之为根的无疑是"盎格鲁-撒克逊-挪威-凯尔特"式的神话语言习惯,他曾坦言:"究竟何者是我辈的祖先——毋庸质疑。这两种语言的'结合'的确是一笔'财富',但在神话领域、在我们的日常思想与最深层的精神生活之间,我们无从实现类似的'结合'。"① 在某种程度上,《乌鸦》也是这两种神话话语进行异端智性结合的实验产物。毕竟,古希腊神话文学的诗教是历代西方文人的启蒙读物,从休斯所撰《神话与教育》一文中,我们就可以窥见柏拉图以希腊神话教育儿童的思想在西方人身心中扎根有多深。在《乌鸦》中,一个伪圣经寓言创作线索之外,我们还可以追寻出一个以"倒置"方法处理的古希腊神话线索。

在《乌鸦》的两首俄狄浦斯诗中,《俄狄浦斯乌鸦》里的主角选择了异于同名英雄的行动策略,他逃离而不是寻找自己的命运,

---

① 特德·休斯:《痴迷者的阿斯加德》,载于《冬日花粉:休斯文集》,广西人民出版社,2021,第62页。

他也不是被自己亲手伤害，而是被环境所残害。"单腿，缺少内脏，无脑，他自己的破布——"不幸的主角仍然没有被救赎。他被死亡绊倒，又被死亡用一个笑声支撑起生命，"乌鸦悬吊在他的单爪上"，这只因为一些未知的罪行而"被纠正的乌鸦"，是对其他那些有罪之人——存在便是他们世袭的罪——的警告，一个卡夫卡式的警告。乌鸦的痛苦并没有在恐怖的悲惨行为中达到高潮，而是遵循萨满教反复肢解的模式，尽管是以滑稽模仿、神奇扭曲的方式，失去一条腿的乌鸦"振奋于他的脚步声和它的回音"，这显然是更适合羊人萨堤尔的戏剧，而非古典希腊悲剧精纯化了的情绪。

另一首《献给菲勒斯的歌》，是同一神话的逆转，有和《俄狄浦斯乌鸦》一样野蛮的黑色幽默。这首诗最初是休斯为改编塞内卡《俄狄浦斯》而作的戏剧的一部分。休斯的俄狄浦斯，其行动方案不是回答斯芬克斯的谜语来拯救陷入瘟疫的底比斯，而是从头到脚劈开怪物，但这样只释放了更多的鬼魂。谜语的最终答案以休斯反复出现的象征性噩梦之一获得呈现：人类有意或无意识地摧毁女性，暴露出人对自然（母亲神）的罪恶感。在《复仇寓言》中，男人"用数字、方程式、定理／这些他发明并称之为真理的东西"攻击他的母亲，并且最后杀死了自然母亲这棵大树，结果"他的头坠地，像一片树叶"。同样，俄狄浦斯用斧头劈开先前从斯芬克斯血淋淋的肠子里出来的他的妈妈，却发现：

……自己蜷缩在里面
仿佛他从未被生出

俄狄浦斯对母亲的这一具体情境中的象征性暴行，和全诗每

乌鸦家族新神话 137

节末尾反复出现的婴幼儿声的"妈妈,妈妈"的呼唤,暗示他的愤怒是对被压抑的乱伦渴望的转移。

休斯对普洛透斯的神话,亦是作了同样的倒置处理,将其变成了另一个关于人类对知识进行破坏性探索的寓言(《真相杀死所有人》)。普洛透斯是古老海神——海中老人,是全知者,能预言一切,但不愿透露他知道的秘密。他还能随意变形,只有当提问者能在他所有的变化中控制住他,他才会恢复自然状态,回答提问者的问题。在《乌鸦自我》中,乌鸦对古希腊英雄尤利西斯和赫拉克勒斯的追索将他们同化进了主角面无表情、沉着冷静的"乌鸦自我"中。奥维德《变形记》里的变形原则,被运用作了这些诗的结构模式,用来表明命运既难以捉摸又无可避免。一直追索尤利西斯,乌鸦只成功捉到了一条蠕虫;与赫拉克勒斯的两条鼓腹毒蛇搏斗,他错误地扼死了(赫拉克勒斯的妻子)德贾妮拉;乌鸦试图抓住普洛透斯,却发现他抓住了阿喀琉斯,阿喀琉斯依次变化为鲨鱼的食道、环成圈的曼巴蛇、2000伏的高压线、尖叫的女人、迸飞的方向盘、一箱珠宝、升空的炽天使、基督炽热跳动的心。最终,乌鸦的坚持不懈得到了终结一切真相的真相——宇宙解体,把乌鸦也一并"炸得无影无踪"。

"盎格鲁—撒克逊—挪威—凯尔特"式的神话语言习惯在《乌鸦的战斗狂怒》一诗中得到了充满感情的回响,休斯对之未曾进行任何歪曲、戏仿、倒置,而是几乎照搬,可谓对自家传统的高度认同。诗中第五节中的六句,几乎是原样采用了凯尔特神话《库里牛争夺战记》中阿尔斯特英雄库丘林(Cuchulainn)的形象,库丘林体内燃烧着宇宙的能量,当他的战斗狂热爆发时,他燃烧,他变形,变成迄今为止人所未知的生物,摧毁他自己和周围的一切,此时:

他的一只眼睛陷进颅骨，小得像一枚钢钉，
另一只睁着，一个瞠圆的盘子盛着瞳孔，
太阳穴青筋毕露，每根都像个满月婴儿脉搏跳动的头，
他的双踵折向前方，
他的嘴唇从颧骨飞起，他的心脏和肝在喉咙里飞舞，
血呈一根圆柱从他的天顶盖爆破而出——

休斯的乌鸦并不是和库丘林一样自负的战斗英雄，这个感知到死亡如扎破个气球般轻易的绝望者用他的笑声来应对痛苦，笑声可谓是乌鸦讽刺的终极形式。这里，他不仅笑极而泣，极致的笑还把他逼疯了，爆发出库丘林的愤怒，这愤怒的形式通向通过自我粉碎和重建而发生康复的心理发展，乌鸦最终从须发之遥的愤怒的另一个世界死而复生，重新存身于世，学习行走，挺出一步，又一步……

乌鸦性格发展史和乌鸦的自我：骗子

"也许是想成为一个人"的乌鸦史诗，有完整的乌鸦之性格发展线索，整部《乌鸦》也有相应逐步推进的结构安排。在交代了"黑"历史传说和世系之后，乌鸦通过了子宫口的考试，毅然踏进了欲望与表象的虚幻世界，即进入了物质视像的黑暗、尢明之中。紧随《子宫口的考试》之后的《杀戮》虽然个太成功，没能体现出那些其所源自的古代宗教仪式上的身体残害所具有的积极心理意义，但还是暗示出了"死即是生"，最后被送进了掘墓人的手里，乌鸦或无论谁出生了。出生后的乌鸦"从日出飞到日落"，找

到了实体世界的巨墙上唯一的门洞飞了进来,并从此以此门洞为家(《门》)。而后,上帝、亚当、夏娃、蛇出场了,虽然蛇的出场是一条阴茎化的蠕虫(《孩子气的恶作剧》),被乌鸦用来创造成了性的起源;上帝决定以爱教导乌鸦,这个原力、能量化身的乌鸦身心中有整个自然,但唯独没有爱(《乌鸦的第一课》)。爱的教育失败之后,"乌鸦飞落",从深空而来的乌鸦自"无"开始,自行学习如何按照创造的规律生活。他直面从创世的群山、大海、星群到大地上的人造物什诸种证据,以其鸟眼观察世界,没有回避或诡辩,得出自己明显的结论:"乌鸦眨了眨眼。他眨了眨眼。没有任何东西消失。// 他盯着眼前的证物。// 没有任何东西逃离他。(无物可逃。)"(《乌鸦飞落》)既然基督教的上帝教育无效,自己眼见的世界工程又实在浩大到令人备感无助,乌鸦便通过种种古老占卜方式,等待真正的启示。命运果然来敲门了,他听到了内心的声音,决心要过一种真正的生活——世界属于那些生活在其内并在自己的内心中感知到世界、有能力衡量世界进而拥有世界的人:

> 我将要衡量它的一切并且拥有它的一切
> 而我将在它里面
> 像在我自己的笑声中
> 而不是从一个充满血腥、黑暗的被埋葬的囚室里
> 透过我眼睛的冰冷隔离室的墙
> 从外部盯视它——
> ——《乌鸦听到命运敲门》

接下来,在《乌鸦暴龙》中乌鸦终于开始出现了有良知的迹

象:"乌鸦想道:'哎呀／哎呀,我是不是／该别再吃了／而去试试看变成光?'"黑得彻底"无从吸收光"(《两个传说》)的乌鸦真的要变性了吗?但戳刺蛴螬的才是乌鸦,所以,最终他进化出了一只圆眼睛,可以更好地看到幼虫,一只聋耳朵,对普遍的哭泣充耳不闻,尽管他也会为他的受害者哭泣。

在《黑色畜牲》中,众多研究者都看到了在休斯的乌鸦身上最典型地体现出一种古老人类行为模式的化身——骗子(trickster)形象。早在《孩子气的恶作剧》中,发明了性欲的乌鸦,就显露出了他骗子造物主(a trickster demiurg)的文化英雄魅影。休斯的乌鸦是奇怪的角色组合——受苦受难的普通人、文化英雄、小丑恶魔。他具有许多与人类相同的性格特征,比如厚脸皮、爱管闲事、不道德、具有破坏性有时也具有建设性等,这些性格特征往往出现在古代原始文学中的"骗子故事"主人公身上。事实上,美洲西北海岸的印第安神话中骗子就是乌鸦,白令海峡的爱斯基摩人神话中也有乌鸦的"骗子—英雄"形象。对于可能并不熟悉骗子神话的读者来说,有必要首先了解一下北美印第安人骗子神话研究权威保罗·拉丁对其的界定和指明的该形象的心理含义:

> (他)同时是创造者和破坏者,给予者和否定者,他欺骗别人,也总是欺骗自己。他有意识地不对任何东西立愿。在任何时候,他都被自己无法控制的冲动所左右,被迫做出自己的行为。他不知善恶,却要对两者负责。他没有道德的或社会的价值观,任凭他的激情和欲望摆布,但通过他的行动,所有的价值都产生了……笑声、幽默和讽刺渗透在骗子所做的一切事情中……他主要是一个尚未确定正确比例的早期生命,预示着人的朦胧之

形的一个人物。……它是一个"窥视镜",描绘了人类与自身和世界的斗争,人被推进那个世界并非出自他的自愿选择也未经他同意……(骗子形象)是一个人类试图解决他的内外问题的尝试。①

休斯《沙滩上的乌鸦》一文属意并不在于解析同名诗作,而是为我们揭开他创造的"骗子乌鸦"的精神内核,是理解休斯骗子乌鸦的原则和方向。作为"精子之魂"的骗子,是乐观精神的化身,那是一种"在一亿五千万年之后依然热切不减、奋力抗争的精子的乐观",这种生理性乐观,说到底,"是一种全力以赴,欲救生命于逆境之中的决心"。这象征着阳根之力的恶魔"骗子"始终以悲剧性的欢乐维持着他的生命与意志。②

当"黑色畜牲"由黑色乌鸦来找寻,"骗子乌鸦"几乎成了先于一切骗子们存在的强力骗子、原型骗子。"黑色畜牲在哪儿?"当乌鸦高喊着到处找寻它,从敌人颅骨的松果体、狗鲨的大脑到寂寂太空,从追着星星也要找到它的疯狂执着中,从乌鸦"扯着抹黑黑色畜牲的弥天大谎"的口诛(笔伐)中,我们上了关于"心理投射"的一堂最生动的心理学课程,人从来不会承认自己的"内心阴影""内心野兽",对于文明化了的人,野兽只存在于敌人或兄弟(该隐眼中的亚伯)身上。

---

① 保罗·拉丁:《骗子:美洲印第安神话研究》,尚肯出版公司,1988,前言第9—10页。
② 特德·休斯:《沙滩上的乌鸦》,载于《冬日花粉:休斯文集》,广西人民出版社,2021,第327—328页。

《乌鸦落败》中,认定太阳实在是太白了的乌鸦,周身勃发着英雄主义的大无畏气概,他大笑着要去攻击太阳的过分,打败它的炫耀,在乌鸦战斗的呐喊声中,本来苍老的树木"遽然变老",本来伏地的树影"被击倒俯伏",但是太阳更亮了,并烧得乌鸦浑身焦黑,然而骗子乌鸦最不缺少的就是阿Q精神:

　　"在那上面,"他应付道,
　　"白就是黑,黑就是白,我赢了。"

　　但是逐渐发展的性格使得乌鸦对"内心野兽"有日益清醒的认识:在《海滩上的乌鸦》一诗中,他认识到"他知道他是个多余的错误听众／对理解和有助而言——";在《乌鸦的勇气衰退》中,他终于认识到"罪责"在己,它们写在他的一根根黑色羽毛上("每一根羽毛都是一起谋杀的化石"),从而使他整个人"变得一目了然的黑"。或许这也是休斯自况因普拉斯自杀而在他身上发生的公共危机?神话的语言是危机的语言,如果没有这种沉痛切己的自发性,休斯的乌鸦新神话不会如此强大有力。但这种认知的代价是"勇气的衰退",使乌鸦患了抑郁症般"沉重地飞着"。爆棚的自信使人一往无前,哪怕在别人的眼中幼稚可笑,面对认罪的乌鸦,我们宁肯看到他继续展露其"精子之魂"的生猛混世之姿。我们更愿意看到他坚不可摧的自我"他的翅膀是他的唯一之书硬挺的书脊,／他自己是唯一书页——固体墨水铸就"(《乌鸦自我》)。哪怕实情是在如今这个无神的世界里,人创造的诸神俱已走失,留下"他是他自己的剩饭菜,被吐出的骨头渣"(《乌鸦的玩伴》)。亦有人将《患病的乌鸦》中,乌鸦找寻的"这位有我作为他一部分的高高在上的某某在哪里"认作是包含了黑色畜牲于其内的存在,当乌鸦最终遇到了"恐惧",攻击它,乌鸦自己也感受到了打击。从此他知道自己就是这畜牲[①]。当这黑色畜牲为了不让局面分崩离析,"把天堂和大地钉在了一起",不管出发点是什么,结果是运转失灵的接合处"坏疽腐烂,散发恶臭",借势"飘扬起他自己这面黑色的旗帜"的乌鸦,不管是嘴硬"这是我的创造"还是本有恶念在前,他已不是捣蛋鬼骗子,而是一个恶魔骗子(《乌鸦比以往更黑》)。

然而,无论性格怎么发展,乌鸦就是乌鸦,无论经受什么样的考验、磨难,被肢解、变形、消灭,乌鸦还是那只乌鸦,几乎没有变化。于是,我们看到,在戏仿惠特曼标题"Song of Myself"(《我自己的歌》)的"Crow's Song of Himself"(《乌鸦的自己之歌》)中,乌鸦被上帝锤击、炙烤、碾碎、撕成碎片、吹爆、挂上树、埋入土,作为自然物质质料的乌鸦,通过造物主的这些操作,被用来造出了黄金、钻石、酒、货币、白天、水果、男人、女人,然而,乌鸦仍然是乌鸦,所以上帝说,"你赢了,乌鸦",而这意念,使上帝造出了救主基督。但是,乌鸦就是那只乌鸦,有自己的意志、自己的标准、自己的行为方式,因而"当上帝绝望地离去/乌鸦在皮带上磨利他的喙,开始用在那两个贼身上"。这可歌可泣的拒不交出自己的"乌鸦自己"啊!和他恰成反照,交出自己的,是圣乔治。

在一个无神的世界中,圣乔治是《乌鸦》里的技术文明代表。在《乌鸦对圣乔治的记述》里,这位英格兰的守护圣人变身为一

[①] 加罗尔德·拉姆西在其文章《乌鸦或变形的骗子》中的观点,载于凯斯·萨格尔编《特德·休斯的成就》,曼彻斯特大学出版社,1983,第179页。

位数学家、核物理学家、生物化学家,甚或某位爱因斯坦,于各种探究、操作之后,他"发现那心脏的核心是一个数字巢穴"。但是:

> 重力的核心并不隐藏在宇宙深处的某个"假定"的范畴之内,也并不随着数学钻杆的深入而逐渐暴露,而是存在于一个人对自身的感受之中,存在于他的身体和他最本质的"人之主观"当中……(他)拒绝将他的个性交给任何一种客观抽象。[①]

当一个人确实交出了他的个性,他会将他的心变成一个怪兽巢穴,然后将那些模糊的形象投射到离他最近的人身上。相信自己是纯粹的英雄圣乔治,技术专家杀死了他自己创造的这些恶龙,实际上杀死了他的身边人,包括妻子和孩子。凯斯·萨格尔在这里沉重论及,"休斯在这里不仅带来了圣乔治的最新版故事,而且带来了'激进精神的整个不断重复的历史……及其背后的疯狂——它不被承认,因为它包含了所有被拒绝和忽视的东西'"[②]。

同样,《乌鸦的战争记事》里,"定理将人拗断为两半":

> 现实在授课,
> 教授圣典和物理学的大杂烩,
> 例如,这里,抓在手中的脑浆,
> 那里,挂在树梢的大腿。

[①] 特德·休斯:《瓦斯科·波帕》,载于《冬日花粉:休斯文集》,广西人民出版社,2021,第302页,最后一句翻译有改动。
[②] 凯斯·萨格尔:《特德·休斯的艺术》,剑桥大学出版社,1978,第122页。

定理、圣典和物理学将我们与神圣的创造、我们自然的精神需求相分离，使自我远离使我们健康和完整的本能。过度的束缚和孤立会产生一个麻木的、支离破碎的自我和社会，从而导致难以想象的暴行发生。这不啻为人类最大的危机。

数字制造炸弹和怪物。词，也能杀人。它们有着与现实世界完全不同的存在，像"文明""科学""进步"和"生产力"取代了不可言说的现实。这样的一个词可以吃掉人，排干自然，直到"慢慢化作泥浆／像一朵塌陷的蘑菇"（《一场灾难》）。

在乌鸦通往体验的史诗般的旅程中，乌鸦了解了上帝（和隐藏的创造者），了解了人和他自己，了解了人之科学发明、战争暴行，反思了词与物的关系。他还默观自然界，大海、荒野、石头、树叶，他意识到，大自然才是乌鸦和人类的母亲，是他们的女神，他们永远无法与她分开。西方基督教世界强调的beget，试图用"由父神生出"万物而杀死白色女神，对自然母亲的伤害事实上给自己带来了毁灭。休斯的乌鸦蔑视对科学的无情追求和消费主义的狂欢及其碎屑。文明和文化若要被他接受，需与自然和人们热情的生活相接触。

在乌鸦的意识推进中，在他双重形象中创造潜力的发展，促使他通过客体世界象征来发现自己的"更高"价值。因此，在《乌鸦的言外之意》中，他歌唱一个未指明的、形象模糊的"她"，她可能是本质的女性，永恒的夏娃，她通过爱保证生命的连续性，也保证了痛苦和死亡的连续性，以及只要有生命就存在的希望。唯有"她"的存在，能够在人类生活和丰富的自然世界之间建立起活生生的关系：

她无声到来，因为她不能使用词语

她带来花蜜中的花瓣，覆披绒毛的果实
她带来羽毛的斗篷，动物的彩虹
她带来她钟爱的毛皮，而这些便是她的话语

她多情前来，这就是她到来的全部目的

要是没有希望的话，她就不会来此

那么在城市里也就不会有哭声

（也就不会有城市）

  这也是为什么思之再三，这首诗的标题笔者没有译作"乌鸦的伴唱附歌"，而直接译作了"undersong"的比喻义"言外之意"，因为这个"言外之意"明确指向了整部诗集中暗藏的另一线索，即在既有文明批判之外如何以体现更高意识的女性原则来寻求建设可能，建设一个富于真正创造性的、协调统一的女性原则世界。这个乌鸦所经历的混乱世界虽如摩尼教所否定般的是"悲惨的巨轮""悲惨的葬礼"，但毕竟，其中还有白色女神隐约的身影带来希望。

  拉姆西在其文章《乌鸦或变形的骗子》中对诗集的结构线索作了一个四阶段梳理，他提出，《乌鸦》最初的七首诗围绕着乌鸦进入尘世生命的出生主题展开；后来乌鸦扮演了骗子的角色，对上帝和人类都开玩笑；下一阶段是一系列的预言或末世诗，预言应验；最终，乌鸦逐渐进入人类状态。这最后的阶段是从《腐尸之王》到《小血》的四首总结诗，乌鸦在这里一路向北，将接受

爱斯基摩萨满关于复活和新生的指导。在《逃离永恒》中,教导者教给他苦难的救赎价值:

> 他找到一块尖利的岩石,他在他的脸上凿出坑洞
> 透过血和疼痛他看向大地。
>
> ············
>
> 而后,躺在大地坟场的骨头中间,
> 他看见一个女人从腹中倾吐歌声。
>
> 他给了她一双眼、一张嘴,用来交换那支歌。
> 她泣出血,她号出痛。
>
> 痛和血乃是生命。但是男人大笑——
>
> 那支歌值它。
>
> 女人感觉受骗了。

"男人以个体,甚或是形式的机制'眼睛'和'嘴巴'交换、拥有了女人的这支正确地唱遍一切的歌"[①];而女人以灵魂换来了痛和血所表征的生命,进入生命便是逃离永恒,新生的教导可以

---

① 尼可拉斯·毕肖普:《重造的诗歌:特德·休斯和一种新批判心理学》,收割者和复束出版社,1991,第138页。

从两方面进行，这是一笔算不清得失的账，因而"女人感觉受骗了"。

对诗集的最后一首诗《小血》，谢默斯·希尼曾做过精深解读："仿佛在最后时刻，神恩进入了乌鸦诅咒的宇宙，而一个迄今一直是强迫症和自我鞭笞的声音，如同古舟子的声音，突然发现它可以祈祷。"[1] 祈祷与和解的声音仍不免于凶兆实现之痛，"长得如此聪明如此可怕／吮吸着死亡发霉的乳头"的小血，会与书前献词中阿西娅的女儿舒拉小小的幽灵之影重合吗？诗人的恳求，"坐在我的手指上，哼唱在我耳中，哦小血"，能否纠正乌鸦和人类生活中失去的平衡？答案无人知晓。

在这个北地的荒凉世界中，乌鸦"不再是人性化的，人类冲动的调解人，而是人类现在在他们中拥有的创造于地球上的荒凉的绝对君主：确实，一个没有人愿意去的地方，那里也没有乌鸦飞翔"（拉姆西）[2]。在那里，只有爱斯基摩人的美丽神话世代流传：在世界之初，乌鸦是唯一的生灵，世界像乌鸦一样是黑色的，然后又有了猫头鹰[3]，世界就有了像它一样的白，那就是下不完的雪……

---

[1] 谢默斯·希尼：《希尼三十年文选》（修订版），浙江文艺出版社，2021，第541页。
[2] 凯斯·萨格尔：《特德·休斯的成就》，曼彻斯特大学出版社，1983，第182页。
[3] 在动物界，乌鸦的天敌是大角鸮和红尾鹰。

CROW: From the Life and Songs of the Crow
by TED HUGHES
Copyright：©This edition arranged with FABER AND FABER LTD.
through Big Apple Agency, Inc., Labuan, Malaysia.
Simplified Chinese edition copyright：
2023 Guangxi People's Publishing House Co., Ltd
All rights reserved.

桂图登字：20-2022-194

图书在版编目（CIP）数据

乌鸦：来自乌鸦的生活和歌 /（英）特德·休斯著；赵四译 .—南宁：广西人民出版社，2023.1
（休斯系列）
书名原文：CROW：FROM THE LIFE AND SONGS OF THE CROW
ISBN 978-7-219-11435-3

Ⅰ. ①乌… Ⅱ. ①特… ②赵… Ⅲ. ①诗集—英国—现代 Ⅳ. ① I561.25

中国版本图书馆 CIP 数据核字（2022）第 162117 号

乌鸦：来自乌鸦的生活和歌
WUYA：LAIZI WUYA DE SHENGHUO HE GE
[英]特德·休斯 / 著　赵　四 / 译

出 版 人	韦鸿学	责任编辑	许晓琰
策　　划	白竹林	责任校对	周月华
执行策划	吴小龙	装帧设计	刘　凛

封面用图　伦纳德·巴斯金画作《乌鸦》

出版发行	广西人民出版社
社　　址	广西南宁市桂春路 6 号
邮　　编	530021
印　　刷	恒美印务（广州）有限公司
开　　本	889mm×1240mm　1 / 32
印　　张	5.25
字　　数	125 千字
版　　次	2023 年 1 月　第 1 版
印　　次	2023 年 1 月　第 1 次印刷
书　　号	ISBN 978-7-219-11435-3
定　　价	49.80 元

版权所有　翻印必究